瑕疵《かし》借り　――奇妙な戸建て――

松岡圭祐

角川文庫
24032

目次

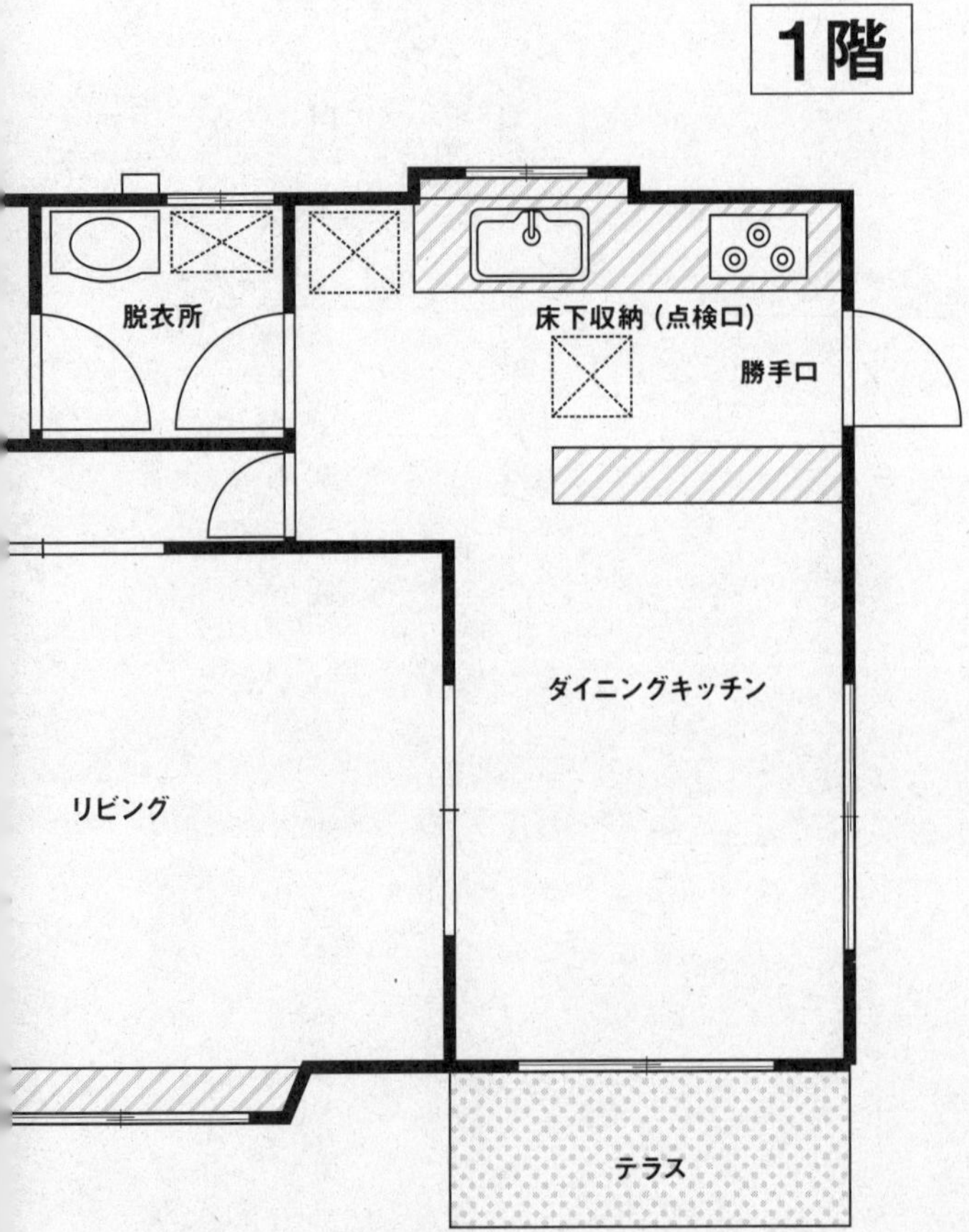
1階
脱衣所
床下収納（点検口）
勝手口
ダイニングキッチン
リビング
テラス

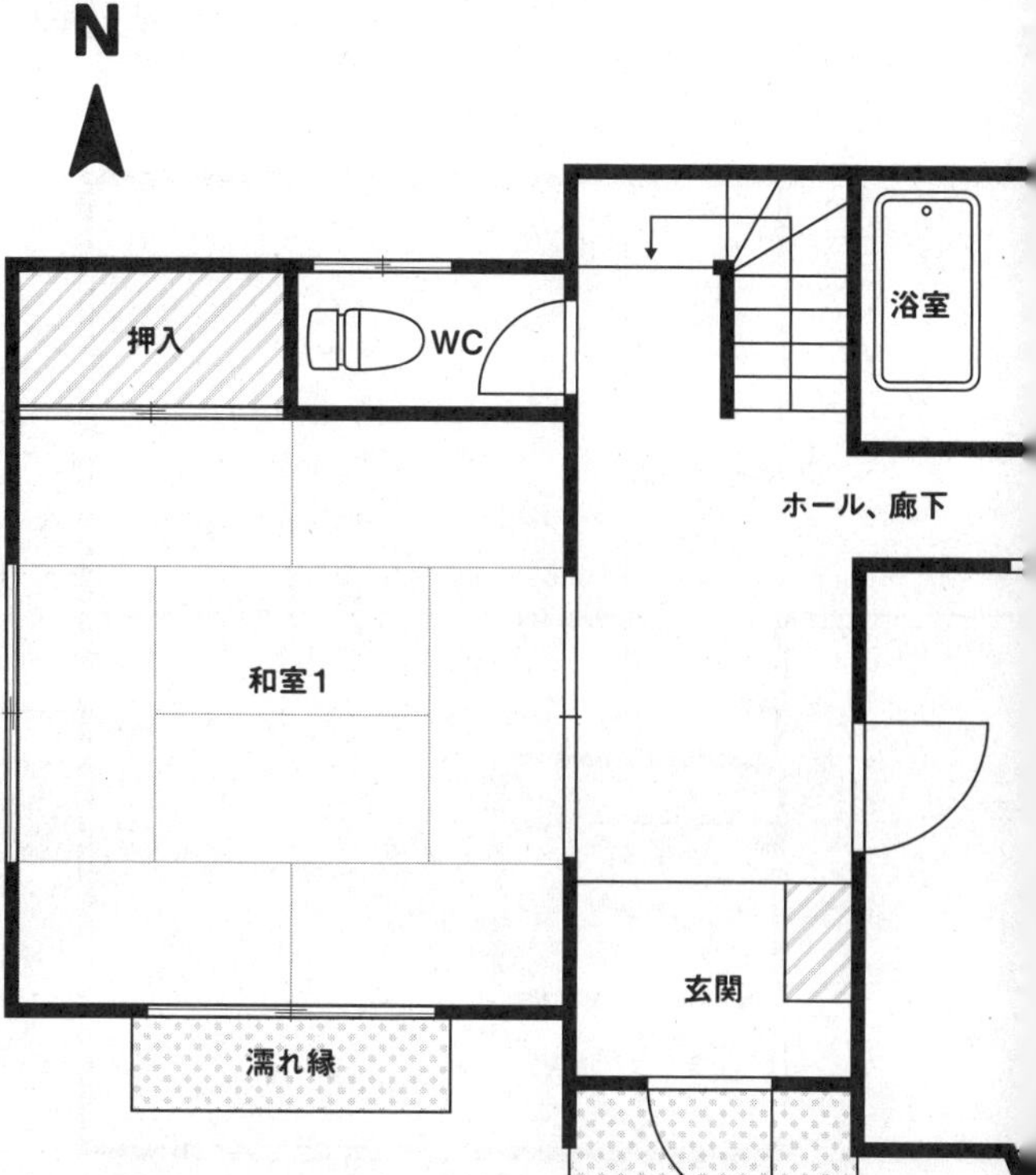

N
押入
WC
浴室
ホール、廊下
和室1
玄関
濡れ縁
ポーチ

2階

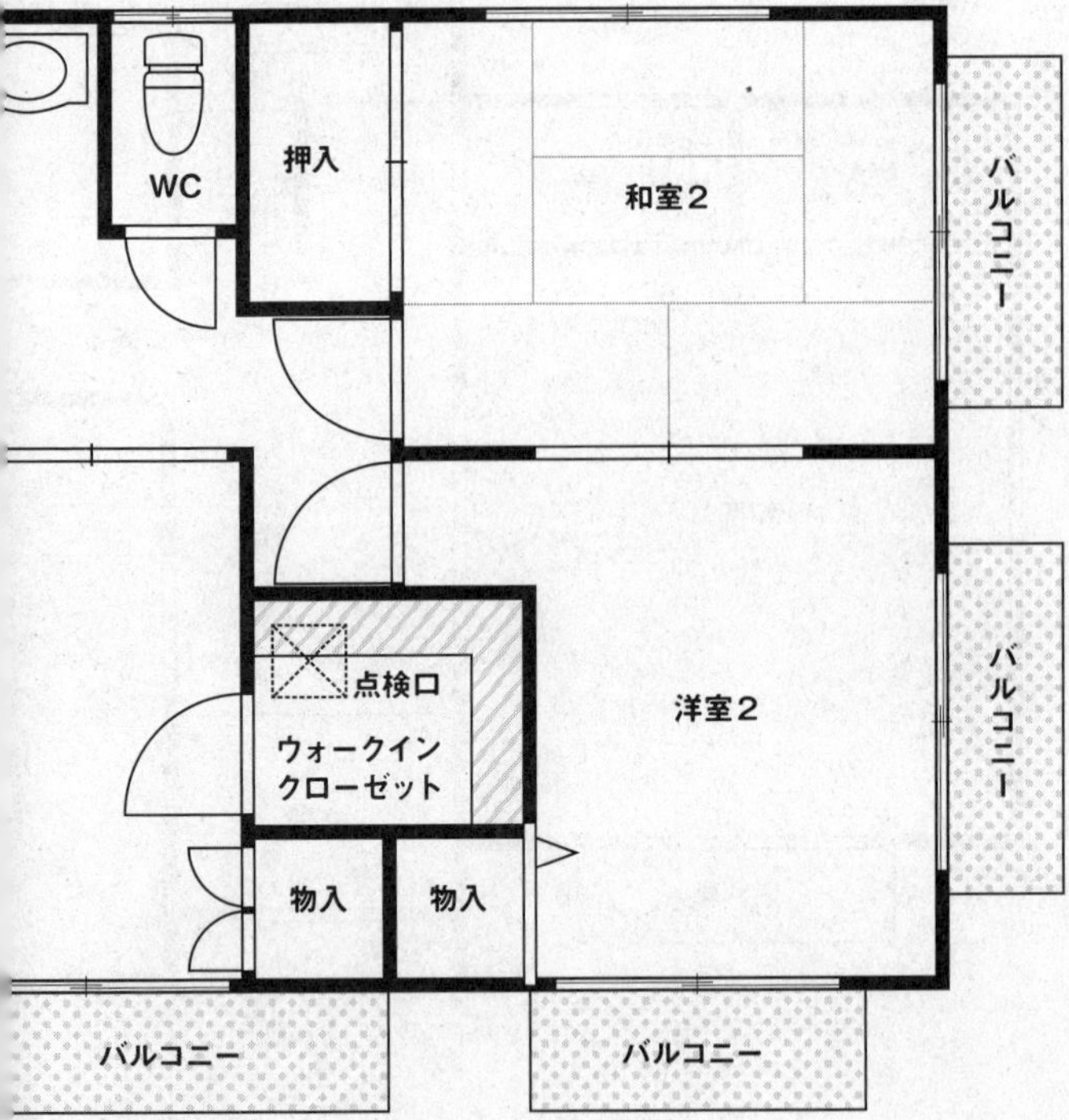
WC
押入
和室2
バルコニー
バルコニー
点検口
ウォークイン
クローゼット
洋室2
物入
物入
バルコニー
バルコニー

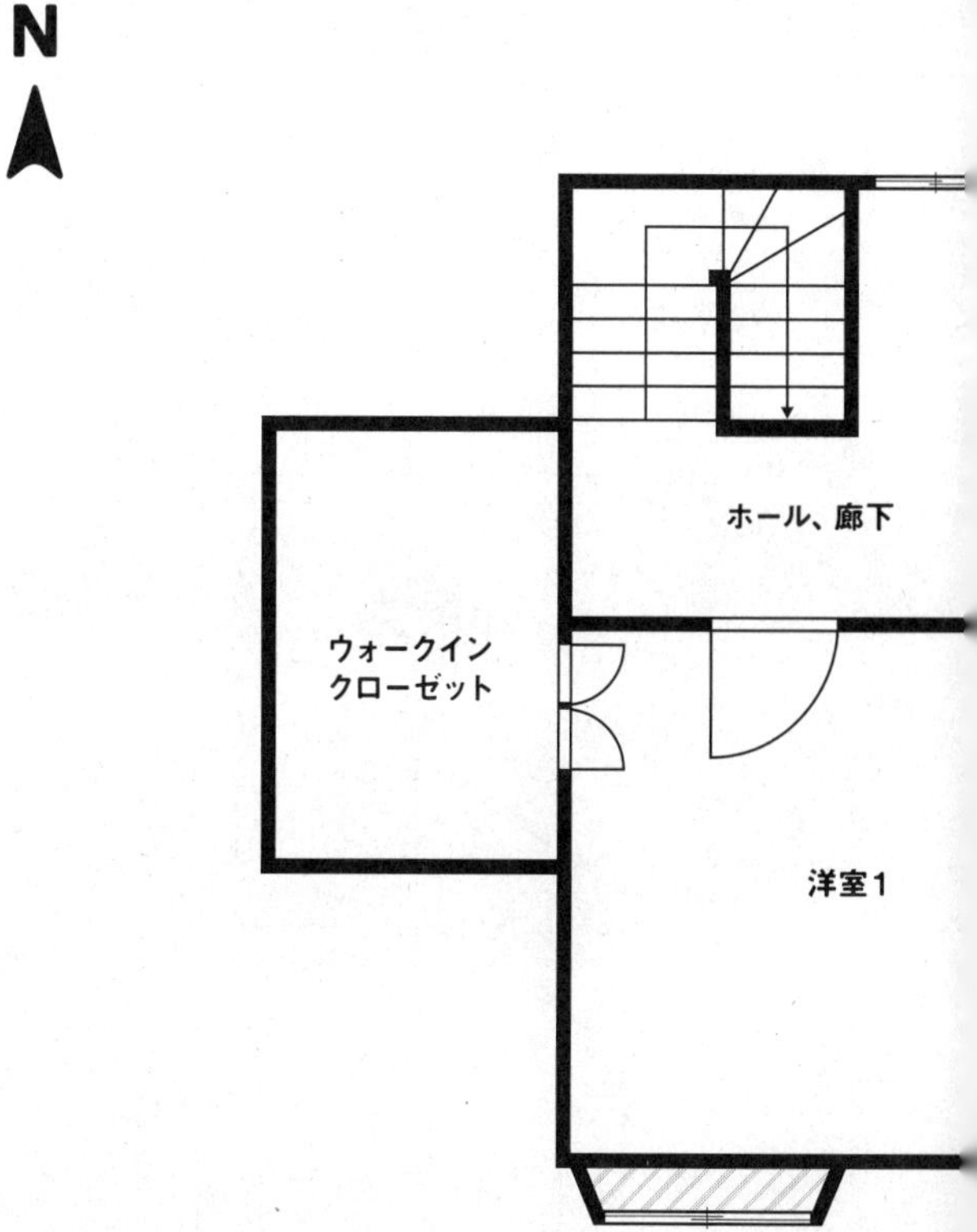
N
ホール、廊下
ウォークイン
クローゼット
洋室1

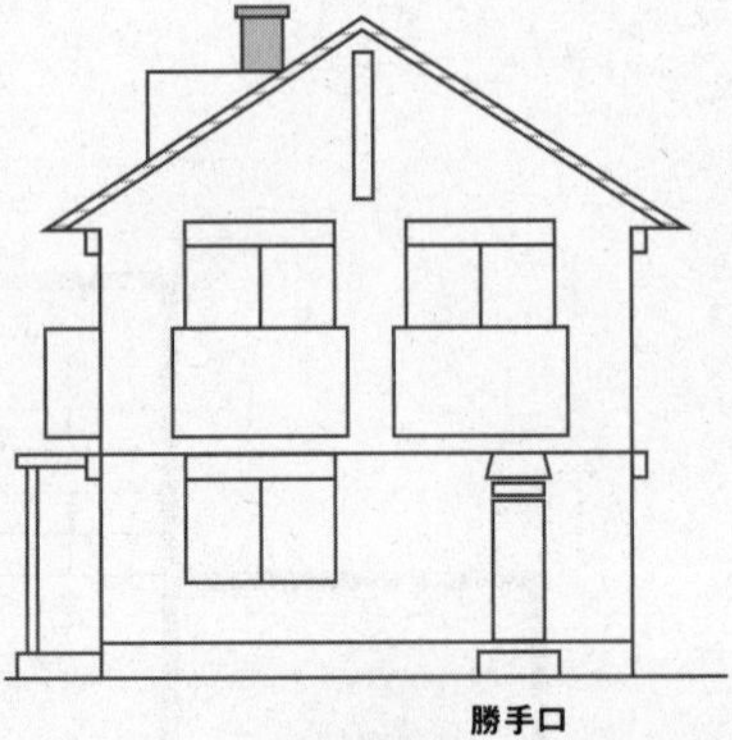

東側

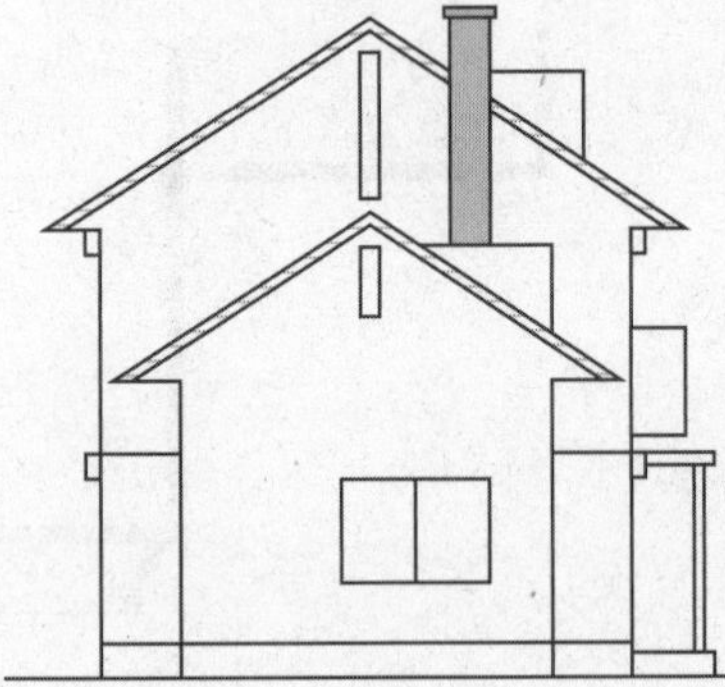

西側

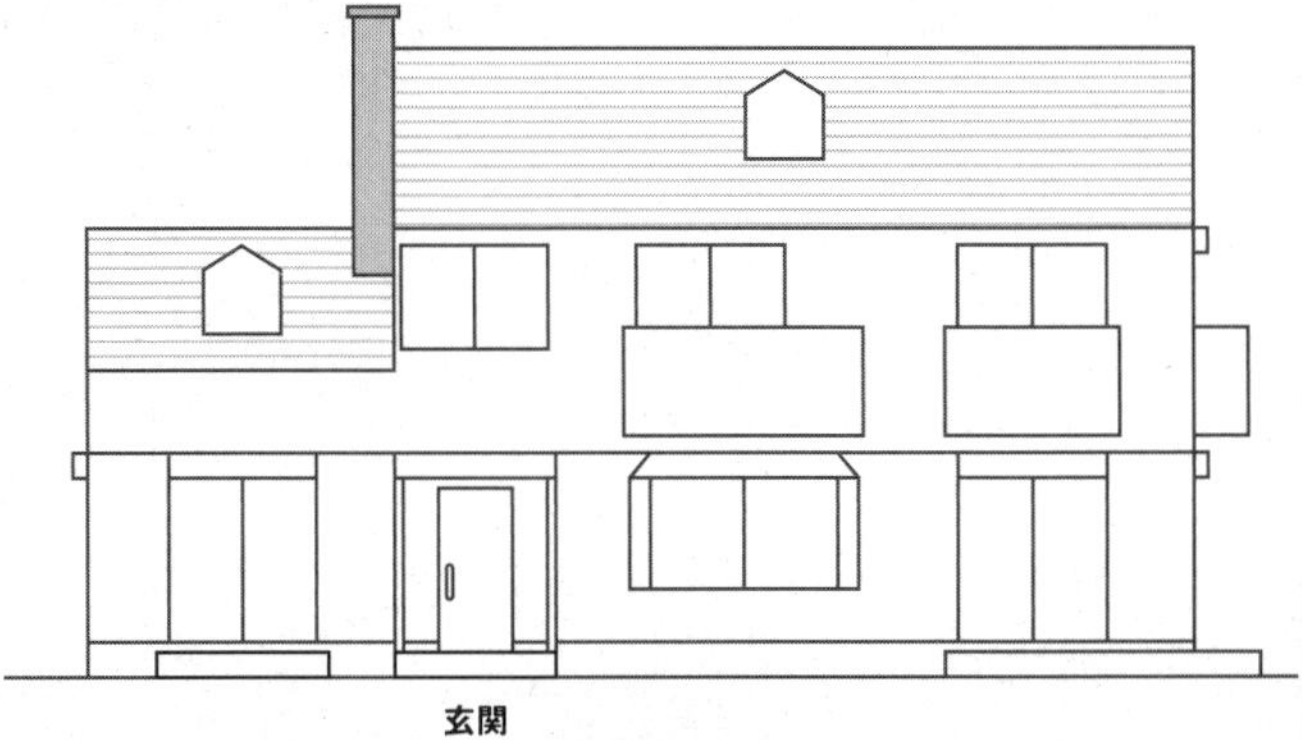

南側

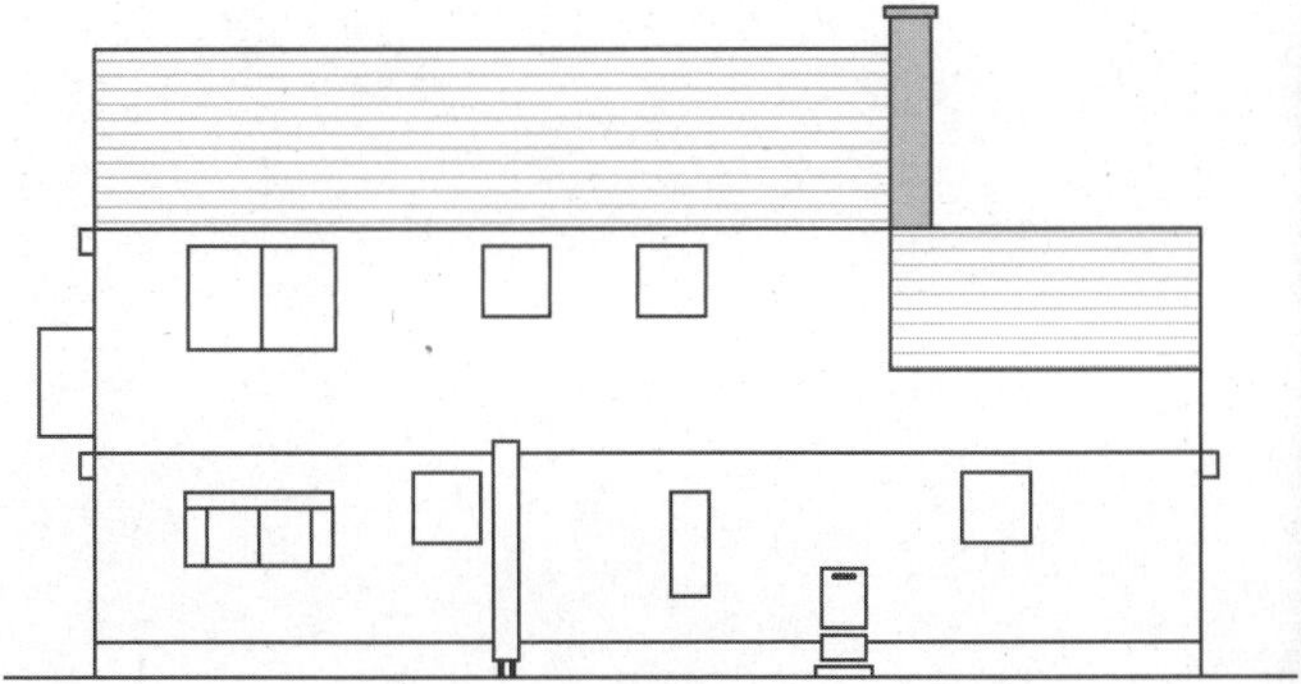

北側

1

六十一歳になる佐野正一郎《さのしょういちろう》は、マンションの大家として最悪の経験をした。

十月の晴れた日の朝、八時すぎにチャイムが鳴った。妻が朝食の準備を中断し、応対に向かった。ほどなく不審な顔で戻ってきた。「中原《なかはら》警察署だって」

佐野は妙に思い、玄関先へ赴いた。私服姿の三十代から四十代が、十人以上も詰めかけている。女性も数人いた。遠巻きに制服警官の姿もあり、路上にパトカーが停まっているのがわかる。

角刈りの四十代が警察手帳を開き、身分証とバッジをしめした。「隣りの九階建てマンション、佐野さんのですよね？　来るのにちょっと手間どりましたよ、ヴィレッタ新丸子《しんまるこ》じゃなかったんで」

「ああ、はい」佐野はいった。「改称したので」

「いまの名前は、ええと、ラルーチェ武蔵小杉《むさしこすぎ》。そうでしたよね。いつ名称を変えたんですか」

「二年前です。ヴィレッタの、ウに濁点が、電話じゃいちいち説明しにくいと住人にいわれて」

「まさか武蔵小杉って名称のマンションとは思いませんでね。新丸子からでも、歩いて十五分はかかるじゃないですか」

佐野は口ごもった。改称の理由は察しのとおりだ。武蔵小杉と名づけたほうが、部屋さがしの検索に多く引っかかる。新丸子駅は武蔵小杉駅の隣りだが、距離もさほどあるわけでなく、ぎりぎり許される範囲だときいた。

しかしあいにく、最近のネットは情報過剰だった。口コミ投稿なるものが存在し、新丸子はかつて色町だったとか、しかもその郊外の物件だとか、余計なことばかり吹《ふい》聴《ちょう》してくれる。おかげで改称の甲《か》斐《い》なく、入居率もさほどではなかった。七十室のうち、埋まっているのは半分ぐらいだ。

自前の土地に建てた物件ではあるが、建設費にかなりの借金を背負わされた。管理会社にまかせていたのでは、多額の中間マージンを奪われてしまう。そこで管理会社を契約から外し、自分で管理人も兼ねることにした。

ところが築十五年にもなると、修繕の費用がかさむ。設備の不具合をうったえる連絡が次から次へと寄せられる。管理費で賄うのはかなり厳しい。結局、このところ忙しいばかりで、ろくに儲《もう》けさえでていない。

警察の関与は過去に何度かある。たいてい隣人トラブルだ。騒音問題、ゴミ置き場問題、高層階からの物の投げ捨て。だがこんなに大勢で押しかけてきたのは初めてだ。

角刈りの私服がいった。「小幡哲《こはたてつ》さんがお住まいの三〇八号室、鍵《かぎ》を開けていただきたいんですが」

たとえ警察からの依頼でも、すんなり応じるわけにはいかない。「なにかあったんですか」

理由はその場で告げられた。強気に突っぱねるなど無理な相談だった。佐野は愕然《がくぜん》とし、ただうろたえるしかなかった。

私服警官らは、スーツの上から割烹着《かっぽうぎ》のようなビニール製の衣服を身につけた。帽子もセットのようだ。毛髪が落ちると鑑識に怒られますからね、角刈りがそういって笑った。佐野には笑いかえす余裕がなかった。状況からして危惧《きぐ》が現実味を帯びてきたようだ。

一行を引き連れ、マンションの外廊下を進んだ。三〇八号室の鍵を開けたとたん、佐野は身を退かせた。推測は正しかった。角刈りがドアを開けるや、喩《たと》えようのない強烈な異臭が漂ってきた。室内のようすがほんの数秒だけ目に入った。壁紙が褐色に染まっている。ペンキのように見えたが、なんなのか警察にたずねるまでもなかった。血の飛び散った痕《あと》だった。

現場検証なるものが進められるあいだ、いつ呼ばれるかとびくびくしていた。だが声はかからなかった。マンションの前には警察車両が連なり、スマホ片手の野次馬も群がった。大勢の制服が部屋に出入りした。三〇八号室の両隣りは空室だったため、それらも調べさせてほしいと申し出を受けた。佐野はぼんやりと了承した。動揺だけがあった。今後どうなるか見当もつかない。

夕方になり、角刈りがまた近づいてきた。「鋭利な刃物を用いての犯行というのは、ひと目でわかりますね。部屋じゅう血だらけです。ご覧になりましたか」

佐野はすっかり腰がひけていた。「いえ……」

「いちおう現場検証も終わって、遺体も運びだしたので、室内の洗浄と消毒はおこなっていただいてだいじょうぶです」

「私が手配するんですか」

「ええ。でも遺品整理については、こちらからオーケーをだしてからにしてもらいたいんです。業者さんにそうお伝え願えますか」

専門業者のバンが到着したのは、日が暮れてからだった。作業服が部屋に出入りしたのち、クリップボードに書類をはさんで差しだしてきた。見積書だった。正しい金額かどうかは、現場を見なければ判断がつかない。

だが佐野は室内を確認することなく、弱気につぶやいた。「まかせます」

「そうなると別途、委任状にも署名捺印《なついん》いただきたいんですが」

「かまいません。というより、早く取りかかってくれんかね」

こんな臆病《おくびょう》なことでは、大家失格かもしれない。しかし人として自己管理も大事だ。みずからの精神状態が危うくなったのでは取りかえしがつかない。

洗浄と消毒は、マンション内のほかの賃借人のため、あくまで最低限の住環境を維持するのが目的だといわれた。壁や天井に飛散した血痕《けっこん》は、完全に除去されるわけではない。遺体の発見まで一か月を要したからには、腐乱も相応に進んでいて、それに伴い室内にもかなりの異変が生じているという。

業者が佐野にいった。「異変について詳しく説明しましょうか。写真も撮ってありますが」

「いえ」佐野は首を横に振った。「それには及びません」

あらましはすでに警察からきいている。耳をふさいでおけばよかったという後悔の念しかない。嫌でも情景が脳裏に浮かんできて、食べ物も喉《のど》を通らなくなる。妻にも伝えられたものではない。

被害に遭った三〇八号室の住人は小幡哲、四十九歳。家賃の支払いがたびたび滞ることから、生活にあまり余裕はなさそうだと感じていた。無精ひげを生やし、目つきは虚《うつ》ろ。痩《や》せ細った身体を猫背に丸め、自信なさそうに歩く姿が印象に残っている。昼過ぎからでかけることも多かった。たぶん食い扶持《ぶち》を求め、職を転々としていたのだろう。

小幡を刺した犯人は逃走したが、別件で逮捕された。自供した侵入盗の現場は複数あった。そのなかに佐野のマンション、三〇八号室が含まれていたという。

犯人は空き巣の常習犯で、常に包丁を所持し、ときおり見境のない行為に及ぶことで知られていた。鍵のかかっていなかった三〇八号室に侵入中、帰宅してきた小幡と玄関で揉《も》み合いになり、気づけば刺してしまっていた。犯人はそう供述した。奪った鍵で施錠していったのは、むろん発見を遅らせるためだったらしい。

経緯はどうあれ、マンションの大家たる佐野にしてみれば、一室が殺人現場になったという事実だけが残った。洗浄はもちろんのこと、内装のリフォームに恐ろしく金がかかった。原状回復費用保険だけでは賄いきれなかった。

遺体発見からひと月、マンションでは退去者が相次いだ。入居希望者にも告知義務があるため、正直に伝えざるをえなかったが、それっきり誰からも連絡がなくなる。

くだんの三〇八号室については、短期入居希望がちらほらあった。だが佐野は片っ端から断った。事故物件の配信を目的にしているとおぼしきユーチューバーが数人。体験談を漫画に描きたいという輩《やから》もいた。風化を願うばかりの瑕疵《かし》を宣伝されてどうする。

事故物件の公示サイト〝大島《おおしま》てる〟に、情報が登録されているのを知った。地図上の自分の物件に炎のマークがある。大家にとっては悪夢だった。

収入は激減した。マンション建設費用のローンも、支払いが困難になってきた。佐野は近所の不動産屋を訪ねた。ここの店長も六十代で、古くからのつきあいがある。客のいない朝方の店内で、ふたりは接客用ソファで向き合った。

店長が唸《うな》った。「佐野さん。うちのほうじゃ打つ手なしです。この際だから、気が進まないのはわかるけど、ユーチューバーだの漫画家だのも受けいれちゃどうですか」

「とんでもない」佐野は首を横に振った。「三〇八号室は入れ替わり立ち替わりになって、悪評ばかり吹聴されちまう。ほかの部屋もがら空きのままじゃないですか」

「そうですか。……なら、そうだな。あれはどうだろう」

「なんです？」

「あんまりお勧めできませんが、ここは瑕疵《かし》借りを頼ってみちゃどうかと」

「なにを貸し借りするって？」

「瑕疵物件の瑕疵ですよ。不動産業界の隠語でね。瑕疵説明責任が生じた物件に住んでくれる人です」

「へえ」初耳だと佐野は思った。「そんな人が本当に？」

「いますよ。大家や管理会社から相談があった場合、うちでもこっそり紹介してます。誰かひとりでも住んで、なんの波風も立たなきゃ、瑕疵の度合いもそれなりに軽減されるでしょう」

「それを専門としてる業者さんなんですか」

「いえ、堂々と瑕疵借りを自称したりはしませんでね。大家が瑕疵の説明責任を失効させたくて、わざと誰かを住まわせたんじゃ隠蔽《いんぺい》工作になっちまうでしょう。表向きはあくまで、自分の意思で入居したことにしてもらいます」

「名前や職業を偽ったりとかは……」

店長が苦笑した。「ないですね。それじゃ頼んだほうも詐欺罪に問われちまいますよ」

「その瑕疵借りってのは、どれぐらいの期間、部屋に住むんですか」

「さあ。ケースバイケースでしょうな。ひと月ってこともあればふた月ってことも……。長くても半年ぐらいですか」

疑念が頭をもたげる。佐野は店長にきいた。「たかが半年間、ひとり住んだぐらいで、次の入居希望者への告知義務が失《う》せますかね？」

「そこはそんなに甘くないですなぁ。賃借人が短期に退去したのなら、まだ告知義務はあるでしょう」

「やっぱり……」

「説明せずにおいたら、あとで問題になるでしょうね。誰かをひと月住まわせただけで、物件をロンダリングできるとか、そのために偽名で入居するプロがいるとか、そんなのはぜんぶ馬鹿馬鹿しい都市伝説の類《たぐ》いですよ」

「なら瑕疵借りとやらも成り立たないじゃないですか」

「だからひとりじゃなく、ふたり三人、四人と増やしていけば……」

「瑕疵借りさんに謝礼とか、報酬も払わなきゃならんのでしょう？　人数が増えれば支払い額も膨らむってことですか」

「そりゃそうです」

ため息が漏れる。佐野は頭を掻《か》きむしった。なんとも胡散臭《うさんくさ》い仕事だ。便利屋の裏稼業かもしれないが、吹っかけられるだけに終わるのではないか。何人かの瑕疵借りに部屋を引き継がせ、ようやく事故物件の噂も立たなくなったころを見計らい、事実を蒸しかえすぞと脅されることもありうる。

佐野はいった。「申しわけないですが、うちでそういうのを受けいれるとしても、せいぜいひとりが精いっぱいです。でもひとりじゃ告知義務を消せないってことなら、瑕疵借りなんて頼むだけ無駄でしょう」

「そうですか」店長は少し考える素振りをした。「ひとりだけという限定なら、不動産業界で噂になってる男がいますよ」

「噂って?」

「まだ若くて、三十半ばぐらいですけどね。ええと、藤原《ふじわら》……竜也《たつや》だっけ」

「俳優の?」

「あん? 俳優にそういうのがいましたっけね。じゃちがうな。あー、藤崎《ふじさき》だ。たしか藤崎、達也《たつや》」

「その人はほかの瑕疵借りと、なにがちがうんでしょうか」

「そこんとこは私も会ったことがないので、よく知りません。でも彼を雇った大家によると、短期間に住んでもらっただけで、瑕疵の告知義務がきれいさっぱりなくなったとか」

「……その藤崎さんひとりだけで？　なぜですか」

「さあ。わかりませんねぇ」

「なんらかの偽証とか改竄《かいざん》とか……？」

「そういうことはいっさいやらないみたいです。ちゃんと合法的に、おとなしく部屋に住んでくれて、物件も問題なくなる。そんな伝説の瑕疵借りだそうでね」

伝説。いっそう眉唾《まゆつば》ものの話になってきた。佐野は警戒しながらたずねた。「伝説なぶん、報酬が馬鹿高いとか、そういう話でしょうか」

「いいえ。瑕疵借りひとりへのお礼なんて、たかが知れてます。ただし藤崎さんは引く手あまたらしくて。あっちが終わればこっちに住んで、みたいな感じで大忙しだそうですよ」

「その藤崎さんは、瑕疵借りのほかになにか、定職に就いてらっしゃるんでしょうか」

「当然ですよ。あくまで一般の賃借人を装ってくれるんですから、働いて真っ当な収入を得てなきゃおかしい」

「不動産絡みの業者さんですか」

「いいえ。不動産関係の人だと、大家や管理会社との癒着を疑われちゃいますからね。まったくの異業種が瑕疵借りを副業にしてるのが常です」

伝説と噂の瑕疵借りを住まわせて、告知義務が消失するのを期待する。もはや神頼みに等しい所業だと佐野は感じた。けれども夫婦で四国へ行き、お遍路めぐりでもしようかと話し合っていたところだ。そもそも憑《つ》きものを落とすぐらいしか、対処法も思い浮かんでいなかった。

店長が身を乗りだした。「いちおう藤崎さんの世話になった管理会社に知り合いがいますんでね。佐野さんさえよければ声をかけてみますが」

「……お願いできますか」雲をつかむような話だが、なにもしないよりはましだ。佐野は頭をさげた。「瑕疵借りの藤崎さんに連絡していただければと」

2

朝の陽射しが降り注ぐものの、路面には霜が降りていた。これだけの底冷えになってようやく、枯れ葉が枝を離れたりする。冬場にあっても掃き掃除は欠かせない。

年が明けた一月上旬、佐野は竹箒《たけぼうき》でマンションのエントランス前を掃いていた。吐息が白く染まる。路地にはまだ人の往来はない。いまのうちにきれいにしておきたかった。雑草が生えない季節なのは幸いだ。物件の外観までみすぼらしくしたくない。

ふいに男性の遠慮がちな声をきいた。「あのう」

顔をあげると、スーツ姿の青年が立っていた。いや青年と呼ぶには年齢がいっているようだ。三十代だろうか。髪をきちんと七三に分け、礼儀正しく頭《こうべ》を垂れつつ、恐縮した面持ちを向けてくる。

一見して清潔、かつ誠実そうだと感じた。知性も滲《にじ》みでている。整った目鼻立ちに、澄んだ心がのぞく真摯《しんし》なまなざし。真面目を絵に描いたようでもある。育ちがよさそうなタワマンの住人、一流企業の社員という印象だった。佐野の物件に関心を向けそうなタイプではない。

男性がおずおずときいた。「こちらラルーチェ武蔵小杉でしょうか」

「ええ」佐野は応じた。「そうですよ」

「つかぬことをおうかがいしますが」男性はマンションを仰ぎ見た。「三〇八号室はどちらでしょうか……？」

佐野は面食らった。この質問をしてくる人間は後を絶たない。好奇心を満たすために、わざわざ足を運んできた野次馬、あるいは自称レベルのジャーナリストがほとんどだ。しかしそういう輩《やから》なら、顔つきや態度からしてそれっぽい。男性は正反対の人格者に見えた。

もしかして藤崎達也か。たしか入居日はきょうだと伝えられていた。途方もなく意外だが、心から歓迎できる。どうせ陰気かつ得体の知れない手合いが現れるのだろうと、さして期待せずにいた。しかしこの若者なら分別がありそうだ。意思の疎通にも難儀しまい。

思わず佐野のほうから口走った。「あなたは瑕疵《かし》借りの藤崎さんで?」

ところが男性の顔に表れたのは戸惑いのいろだった。「いえ……。秋枝《あきえだ》といいます。貸し借りとおっしゃいましたか? なにか……?」

佐野のほうも困惑せざるをえなかった。秋枝なる男性の、あきらかに面食らった表情と向き合う。正直者にはちがいない。よけいにこの男が藤崎でないのが惜しくなる。

「失礼」佐野は問いかけた。「なにかご用ですか」

「三〇八号室には、どういうかたがお住まいでしょうか」

「そりゃ……。いまのところ空室です」

「空室？」秋枝は驚いたようすだった。「誰も住んでおられないのですか。三か月ぐらい前におられたかたは？」

三か月前。殺人事件があったのは、ちょうどそれぐらいだ。大きく報じられた以上、誰もが知っているはずでは。

佐野は秋枝を見つめた。「あなたはこの辺りの人じゃないんですか？」

「いえ。近所です」秋枝は不安げに目を瞬《しばたた》かせた。「それで三〇八号室のかたは、どちらへ引っ越されたんでしょうか」

からかっているのだろうか。いや、この男からは、なぜか切実さが感じられる。佐野はささやいた。「亡くなったんですよ」

「亡くなった？」

「このあいだの事件。ご存じない？」

「ああ……」秋枝は衝撃を受けたらしい。「あの事件で亡くなったのが、三〇八号室のかただったんですか」

「そうですよ……」

秋枝はマンションを見上げ、また佐野に向き直った。「部屋のなかに小犬がいたかどうか、きいてませんか。犬種はジャック・ラッセル・テリアで、白に茶いろの斑点《はんてん》があるんです」

「はて……。うちはペットを飼うなら許可制なのでね。三〇八号室にもいなかったはずですよ」

うちという表現をきいたからだろう。秋枝がかしこまる態度をしめした。「失礼しました。オーナーさんでしょうか」

「ええ」雇われ管理人とでも思っていたのかもしれない。佐野は特に悪い気もしなかった。秋枝の裏表のなさは好感が持てる。とはいえ事情がよくわからない。佐野は秋枝を見かえした。「どうかされたんですか」

秋枝はうろたえながら、また三階の辺りを見上げた。激しい動揺がうかがえるものの、理性で抑制しようと躍起になっている、そんなありさまだった。

やがて秋枝は肩を落とした。見るからに意気消沈し、深々と頭をさげてきた。「朝早くからご迷惑をおかけしました」

失意をあらわにしたまま秋枝は背を向けた。重い足をひきずるように立ち去っていく。

声をかけるべきかどうか迷った。わけをきかせてほしい、そう思えるぐらいには、初対面ながら力になってやりたいと感じた。秋枝の実直さと、そこに浮かびあがる憂愁が、捨て置けないという気分にさせる。佐野にとっては、独立した息子ぐらいの年齢だ。相談に乗ってあげることぐらいはできるのでは。

けれども佐野はなにもいいだせなかった。無言で秋枝の後ろ姿を見送る。

三〇八号室の小幡哲が刺殺された、その事件について長引かせたくない。妻に心労をかけたくなかった。むろん自分にもだ。そんな思いのほうが勝《まさ》った。秋枝という若者に対し、申しわけなさも募る。それでも騒動を蒸しかえしたくない。

ポケットのなかでスマホが振動した。とりだして画面を見る。知らない番号から電話がかかっていた。佐野はスマホを耳にあて応答した。「はい」

いましがた話していた秋枝とはまるで対照的な、低くぼそぼそと喋《しゃべ》る声がきこえてきた。「佐野さんですか」

「そうですが」

「藤崎です。きょうからお世話になります」

「……ああ。藤崎さんね。きょうは何時ごろおいでに……」

電話は一方的に切れた。佐野は啞然《あぜん》とした。まだ路地の先に秋枝の背が見えている。当然ながら秋枝はスマホを手にしていない。じつは秋枝が藤崎だった、そんな展開を期待するほど、佐野はさっきの若者との交流を望んでいた。

残念ながら藤崎は秋枝と別人だった。声をきいただけでわかるぶしつけさ。こういう男であってほしくないとひそかに願ってきたが、やはり果たされなかった。どうやら忍耐を強いられそうだ。無理もないかもしれない。瑕疵借りなどという、胡散臭《うさんくさ》さを絵に描いたような手合いと接する以上は。

3

秋枝和利《かずとし》は三十五歳、丸《まる》の内《うち》の商社勤務だが、いまは休職を受理されている。長期にわたり会社を欠勤しても許されるのには、むろんそれなりの理由があった。三週間以上も都会を離れ、近隣ながら緑豊かな環境に身を置いた。都内に戻ってからは、元気になったようだと友人らが励ましてくれる。たしかに心はいくぶん楽になっていた。

けれどもまだ仕事に復帰するには早い。あのマンションの三〇八号室が気になって仕方がない。

いまは二月だ。冬だけに日の落ちる時刻が早い。夕方だがもう辺りは暗くなっていた。休職中でもサラリーマンとしての生真面目さが抜けず、きちんとスーツを着てでかける。ラルーチェ武蔵小杉の前に立ち、三階を見上げた。

おととい都内に戻ったばかりだが、やはりまちがいではない。三階、階段のほうから数えて八つめの窓。そこが三〇八号室だと不動産サイトを観て確認してある。いま窓には明かりが灯《とも》っていた。きのうもおとといもそうだった。

空き部屋でも点検やリフォームのために、業者が出入りすることもあるだろう。そう思うことにしたが、きょうもまた点灯していると知り、じっとしてはいられなくなった。事故物件だというのに、まさかもう人が住んでいるのだろうか。だとするなら……。

エントランスはオートロックではなかった。管理人室の小窓も閉まっている。秋枝は躊躇《ちゅうちょ》しつつもなかに入った。エレベーターが下りてくるまでまつ気になれず、さっさと階段を上っていった。

三〇八号室で死亡した小幡哲なる男性と面識はない。ただし顔は映像で観て知っている。小幡については、四十九歳で離婚歴があり独身、職業不定だったことしか報じられていない。空き巣に刺されてしまうとは、まったく予想もしない悲劇だった。しかしそのせいで秋枝は困っていた。部屋にはもうひとつの小さな命があったはずだ。それはどこへ消えたというのだろう。

三階に着いた。マンションの裏手の外廊下を進む。帰宅している住人はまだ少ないらしく、ほとんどの玄関ドアわきのサッシ窓は、磨《す》りガラスの向こうが真っ暗だった。そんななか三〇八号室の窓明かりは煌々《こうこう》と光を放つ。

いざとなると腰が引ける。だが本来、小幡哲が生きていれば、もうとっくに訪ねていた。秋枝はインターホンのボタンを押した。

男の低い声がぼそりと応じた。「はい?」

「突然すみません。秋枝と申します」

「なんですか」

「あの……。部屋のことでお話がありまして」

「……どんな?」

「ここに僕の飼ってた小犬がいたはずなんです。名前はモカといって、ジャック・ラッセル・テリア、二歳六か月のオスで」

返事はなかった。沈黙がつづく。秋枝は当惑をおぼえたが、住人のほうも同じ心境かもしれない。いきなりこんなことをいってくる訪問者の常識こそ疑われるだろう。

そう思っていると、玄関ドアの把《と》っ手《て》のあたりで物音がした。解錠したとわかる。ドアはゆっくりと開いた。

靴脱ぎ場に立つのは痩身《そうしん》の男性だった。長く伸ばしたくせ毛に細面。目は虚《うつ》ろなようで、どこか鋭く尖《とが》っていた。すっきり通った鼻筋に薄い唇、髭《ひげ》はなく色白。きちんとした服装をしていれば、それなりの見てくれになるだろう。だが黒のジャージをだらしなく着ているせいか、寝起きの大学生のようでもある。若く見えるが秋枝と同世代のような気もした。とにかく栄養失調を疑うほど華奢《きゃしゃ》で、特に両脚が棒のように細かった。

表情には愛想のかけらもない。見知らぬ人間に突然押しかけられたのだから当然かもしれない。

男はなにもいわなかった。秋枝に視線を向けているようで、焦点が合っていない。酔っ払っているわけではなさそうだ。さっさと詳細を伝えるよう、沈黙をもってうながしているようでもある。

秋枝はあわてて頭をさげた。「初めまして。秋枝和利といいます。この近所に住んでいて……」

「名刺は？」

困惑したものの、秋枝はとっさに反応した。内ポケットから名刺ケースをとりだす。勤務先の名刺を男に差しだした。

やましいところがなさそうだとわかったからか、男の態度はいくぶん穏やかになった。「僕、まだここに住み始めたばかりなんで」

「知ってます」秋枝はうなずいた。「先月来たときには空室でしたから」

「先月？」

「ええ」

男はやれやれといいたげな態度をしめした。「ならわかるでしょう。僕はあなたの小犬を預かってないし、それ以前には誰もいなかった。失礼」

閉じかけたドアを秋枝は手でつかんだ。「まった。あなたはここがどんな部屋か知ってるんですか」

「どんな部屋って？」

「つまり前の住人が……」

「ああ」男の表情は変わらなかった。「亡くなったことなら承知してます」

「知っててこの部屋に入居したんですか」

「家賃を安くしてもらえたので」

秋枝は腑《ふ》に落ちなかった。「そんな馬鹿な。ほかにも空いている部屋はいっぱいあるでしょう。それらの家賃も交渉しだいじゃないですか？」

男はまたドアを閉じかけた。「どこに住もうが僕の勝手なので」

「ちょっとまった」秋枝はドアの隙間に身体をねじこんだ。「まさかとは思いますが、あなたは藤崎さんという人ですか。瑕疵《かし》借りの」

いつしか秋枝は靴脱ぎ場に立ちいり、男と間近で向き合っていた。背後でドアがぱたんと閉じた。

硬い顔の男がきいた。「マンションオーナーの佐野さんが口を滑らせたとか?」

あの掃き掃除をしていた高齢男性は、佐野という名だったのか。そう思いながら秋枝はいった。「お察しのとおりです。僕を藤崎さんとまちがえたうえで、瑕疵借りともおっしゃいました。最初は物を貸したり借りたりの〝貸し借り〟かと思いましたが……」

「ネットの検索窓に平仮名で〝かしかり〟といれて、サジェストワードにマンションか不動産と付け加えたんでしょう。それで瑕疵借りという業界の隠語を知った。ちがいますか」

語り口が落ち着いているとも、単に気怠《けだる》そうともとれるが、男の物言いは理路整然としていた。指摘も図星だった。秋枝はうなずくしかなかった。「そのとおりです。こんなに早く、問題の部屋に住み始めるなんて、ネットで読んだ瑕疵借りじゃないかって……。でもまさか本当に……」

男はため息をついた。その素振りが藤崎だと認めている。憂鬱《ゆううつ》そうに藤崎がつぶやいた。「瑕疵借りだとバレた以上、この仕事はつづけられない。もうでないと」

「そんな」秋枝は動揺した。「僕のせいで仕事を切り上げるんですか」

「自分の意思で部屋を借りたんじゃなきゃ、瑕疵の度合いを軽減することに貢献できません。オーナーさんに頼まれたなんて噂が立った時点で、住んでる意味はまったくなし」

「……僕はけっして口外しません。約束します」

「佐野さんもあなたに明かしてしまうぐらいだから、ほかでも喋《しゃべ》ってるかも。これじゃ仕事になりません」

迷惑をかけてしまったのだろうか。秋枝は視線を落とした。「申しわけありません」

「あなたが謝ることじゃないです」藤崎は背を向けた。「もう退去するときめたんですから、よければ部屋のなかを見ますか」

「ぜひ……」

「じゃ、どうぞ」藤崎は玄関の奥のドアを開けた。

秋枝は靴を脱ぎ、藤崎につづいた。がらんとした部屋が現れた。本来はＬＤＫとして使うのだろうが、テーブルも椅子もない。フローリングの床には、大きめのスポーツバッグがひとつだけ置いてある。

壁の引き戸は開け放たれていたが、その向こうは暗かった。藤崎がそちらの明かりを点《とも》した。やはり家具はいっさいない。寝袋のみ敷かれていた。

ミニマリストどころではない質素な暮らしぶりだ。天井や壁、床は真新しい。新築のようなにおいもする。

所感が秋枝の口を衝《つ》いてでた。「きれいですね」

「佐野さんはだいぶお金をかけたようです。なにもかも張り替えられてます」藤崎が立ったまま秋枝に目を向けてきた。「身内のどなたかを亡くされましたか」

「なっ」秋枝は驚いた。「なんでそんなことを……?」

「全然怖がる素振りがない。ごく親しい人の逝去に接した経験があると、こういうところを気味悪がらないものです。死を身近なこととして受けいれようとした努力が、心を変えるんでしょう」

なんともふしぎな男だと秋枝は思った。内面を見透かされているかのようだ。重苦しい気分がよみがえってくる。秋枝はまた下を向いた。「三年ほど前に、妻と息子を……」

ひどい事故だった。それしか言葉がでてこない。

颯真《そうま》は幼稚園への入園を翌年に控えていた。そんな颯真を助手席に乗せ、妻の眞美《まみ》は軽自動車を走らせていた。スズキのワゴンRだった。麻生区《あさお》の交差点で矢印信号にしたがい、右折しようとしたところ、直進してきた大型トレーラーに突っこまれた。トレーラーの運転手による信号無視が原因だった。ワゴンRは潰《つぶ》れたうえ出火した。眞美と颯真は車内から焼死体で発見された。

秋枝は思いのままをつぶやいた。「会社に電話が入る直前まで、僕は同僚と談笑していました……。その日に出勤したこと自体が罪に感じられて、とても耐えられませんでした」

しんと静まりかえった室内は、ふいにひとりになってしまった日々を想起させる。葬儀を終えてからずっと、こんなふうに無音が響くのをきいた、そのことも思いだした。

藤崎はお悔やみなど口にしなかった。「モカという小犬に愛情を注いだのは、家族を亡くされたからですか」

「え？　あ、はい……。生まれたてのジャック・ラッセル・テリアを親戚《しんせき》からもらいました。初めは犬を飼うなんてと思いましたが、少しは気が紛れるかと……。そのうちいれこんでしまいましてね。モカと一緒にいると癒《い》やされるんです」

「そのモカがなぜこの部屋にいると？　前の住人と知り合いですか。小幡哲さんと」

「とんでもない。まったく知りませんでした。ただ……」

「なんですか」

思わず言い淀《よど》む。秋枝のなかに戸惑いが生じた。いつしか三〇八号室にあがりこみ、初対面の藤崎に対し、身の上話を始めている。常軌を逸した行為に思えてくる。

とはいえきかれたことには答えるべきだ。藤崎の仕事をひとつ失わせてしまった責任も感じる。なにより秋枝自身が話したがっていた。

秋枝はいった。「私はもともと武蔵小杉のタワマンに、一家三人で暮らしてました。妻と息子を亡くしてからは、少し安いこの辺りのアパートを借りまして……。すぐ近くに公園があるでしょう。モカを散歩がてら、そこで遊ばせるのが常でした」

「毎日は難しいですよね。あなたには仕事があるし、小型犬はこの時季、日没前に散歩させるべきですし」

「ええ。でもいまは休職中で……。正確にはここ三年間、何度も出勤と休職を繰りかえしてます。うつ病と診断されたりもしましたが、そこまでの深刻さは感じていません。ただ会社のほうから、休みをとるべきだといってきたので」

上司が人事労務管理担当者にかけあってくれた。傷病手当金を受けとれるようにしてくれたうえ、自立支援医療制度も利用できるようになった。職場の面々からはお見舞いの花束も届いた。気遣いが身に沁《し》みた。復帰を急がなくてもいいよと、やさしい声をかけられた。

最近は少しずつ症状が改善していたものの、ある日突然、目の前が真っ暗になる事態に直面した。秋枝は声を震わせた。「晴れた日の午後、いつものように公園でモカを遊ばせていました。平日だったので周りには誰もいませんでした。リードをつけなかったのが悪かったんでしょうが……」

「よくないですね。犬の放し飼いは条例違反です」

「おっしゃるとおりです……。でも公園への行き来にはリードをつけていましたし、ふだんは公園で遊ばせても、けっして遠くに行きませんでした。ところがそのとき、モカがいきなり駆けだして、路地へでていってしまって」

「ジャック・ラッセル・テリアは運動量が多めの犬種です。二歳六か月なら外出時の自由が嬉《うれ》しくて興奮しがちです」

「犬に詳しいんですか」

「多少知ってるていどです。モカを躾《しつ》けなかったんですか。〝お座り〟や〝まて〟は？」

「もちろん躾けましたが、ときどき手がつけられないほど、はしゃいでしまうことがあって……。ぜんぶ僕のせいです」

「公園から駆けだしていったモカを捜しましたか」

「路地の隅々まで捜しまわりました。近隣の住宅の庭にも、お住まいのかたに声をかけ、立ちいらせてもらったぐらいです。側溝のなかも調べました。日が落ちてもまだ捜しつづけたんです。でも見つかりませんでした」

「そこまで捜すなんて、よほどモカが大事だったんですね」

ため息が漏れる。秋枝はいっそううなだれた。「奇行に思えるほどだったでしょう。ペットに愛情を注ぐというより、もうすっかり依存していました。妻子を失ってからは、モカだけが家族だったので……。心のよりどころでした」

「なら最初からリードを外すべきじゃなかった」

辛辣《しんらつ》なひとことに思える。けれども正論にちがいない。悲嘆に暮れていた日々の、どん底まで落ちこんだ気分がぶりかえしてくる。胸の奥がずきずきと痛みだした。

藤崎が問いかけた。「いつごろの話ですか」

「この部屋で殺人事件が起きる寸前でしょうか……。自分ひとりではどうにもできず、先月になってネットの掲示板に書きこんだんです。ローカルな話題を論じるスレッドがありますから、画像を貼り付けて……。すると返信がありました」

「誰から？」

「ここラルーチェ武蔵小杉の斜め向かいにある、一戸建てに住むご主人です。もう定年退職で年金暮らしをなさってる人ですが、当該の日時にモカの息遣《づか》いを路地にきいたといっていて……」

「息遣い？」

「犬の息は荒いんです。体温調整だとか気持ちが昂《たか》ぶってるとか、いろいろ理由があります。モカの場合、身体は小さいけれども、息遣いがとても大きいんですよ」

「その家のご主人は宅内にいたんでしょうか」

「ええと……それはきいてません」

「家のなかにいたとしたら、この季節では窓も閉じていたでしょうし、ガラス越しに小型犬の息遣いがきこえた？」

猜疑《さいぎ》心《しん》が強いのか、嘘だと疑いだしたようだ。けれども実際にやりとりをした秋枝にはわかっていた。「ご主人はなにひとつ嘘をついてません。その家の屋外防犯カメラに、実際に映ってましたから」

「モカがですか」

「はい……。ただしずっと一匹で路上をうろついていたわけじゃありません。途中で五十近い男性が追いかけてきて、その人に抱きあげられて……。ぼさぼさ頭でスカジャンを羽織った、引きこもりのような風体でした。モカを抱いたまま、このマンションに入っていったんです」

「それが小幡哲さんだったんですか」

「名前は知りませんでしたけどね。近所のご主人は別の日、マンションの裏手にまわったとき、同じ人が三〇八号室に入っていくのを見たそうです。出勤時間がまちまちで、昼や夕方にでかけることもあったとか。身だしなみに配慮しない人のようで、そのせいかなんとなく気味が悪いと、近所でも噂になってたらしくて」

初めて防犯カメラの映像を観せてもらったときの衝撃は忘れられない。たしかにモカがそこにいた。背を丸めた男の両手のなかにおさまり、戸惑うようなまなざしを周囲に向けていた。男はそそくさとマンションのエントランスに消えていった。秋枝にとっては子供を誘拐されたに等しかった。

思いだすだけでも涙が滲《にじ》みそうになる。秋枝は語気を強めた。「ご主人の話では、小幡さんが野良犬や野良猫を連れこむ姿を、それ以前にもよく見ていたそうです。部屋のなかはどうなってるのだろうと、常々訝《いぶか》しく思ってたとか。でも殺人事件が起きたマンションだというのは、そのとき教えてくれなくて」

「ああ。とっくにニュースになっていたことだから、その近所のご主人も、あなたが承知済みにちがいないと思ったのかもしれません。ところがあなたはそれを知らなかったので、会話がすれちがったんでしょう」

「モカを攫《さら》った人物は健在だと僕は思っていました……。だから警察に相談する前に、まず自分で直撃しようと。モカがいるなら一日たりともほうっておけません。三〇八号室の住人が、確実に部屋にいるだろう早朝に訪ねたんです。するとエントランス前でオーナーさんが掃き掃除をしていて……」

「ふうん」藤崎はスポーツバッグに歩み寄ると、なかからノートをとりだした。それを開き、はさんであった小さな写真を秋枝に見せてくる。「この人ですか」

生気のない目つきに無精髭《ぶしょうひげ》の五十前後。まちがいない、防犯カメラ映像の男だ。秋枝は面食らった。「こんな写真をどこで……」

「この室内の遺留品から、職探し用の履歴書が見つかったそうです。中原署が返却する相手を探していたんですが、小幡さんの別れた奥さんと連絡がつかなかったらしくて……。佐野さんに預けられました。これはそのコピーです。いちおうどんな瑕疵《かし》だったのか説明を受けたので」

藤崎がただの入居者なら、そんな情報など必要ないだろう。瑕疵借りならではのやりとりにちがいない。

顔写真を見るだけでも憎悪が募ってくる。秋枝の感情は昂ぶりだした。「この人はモカをどうしたんでしょう。モカを攫ってから数日後には、空き巣に刺されて命を落としてるんですよ」

「さてね」藤崎が室内を見まわした。「見てのとおり殺人事件の痕跡《こんせき》は、きれいさっぱりなくなってます。現場に小犬の死骸《しがい》があったとの報道もなかったですし」

小犬の死骸。露骨な表現に気分が悪くなる。秋枝は藤崎を見つめた。「おかしいと思うでしょうが、僕にとってモカは唯一の家族です。依存心が過剰だという自覚はあります。でもどうにもできない。僕はモカなしでは生きられません。モカはどうなったんでしょうか」

「……僕にわかると思いますか」

口ごもらざるをえない。秋枝は小声で応じた。「いえ……」

「小幡さんは殺人事件の被害者です。犯人は判明し、すでに逮捕されてるのですから、今後も取り調べがつづき、いずれ書類送検されます。中原署に捜査担当者がいるでしょう。相談するならその人ですね」

ふと思いついたことを秋枝は言葉にした。「もしかして犯人が小幡さんを刺したあと、モカを連れ去ったんじゃ……」

「防犯カメラ映像に、犯行当日の記録は残ってないんですか。犯人が出入りするようすだとか」

「いえ……。ご主人は警察からも、当日の防犯カメラのデータ提供を求められたそうですが、めぼしいものはなにも映っていなかったんです。犯人は裏手の非常用外階段を使ったらしくて」

藤崎は澄まし顔のままだった。「空き巣が小犬を盗んだと？　ないとはいいきれないですけど、ここで憶測を働かせても無駄でしょう。映像が残っているのなら、それを借りて、中原署へ持って行くことです。いまはこの部屋を好きなだけ調べたら？」

秋枝はがらんとした室内を見渡した。なにもかも徹底的に修復された部屋。サッシ窓の枠やレールまで新品に取り替えられていた。調べようにもなにも見つかるはずがない。

ごそごそとする物音にふと我にかえった。藤崎が身をかがめている。寝袋を小さく丸めたうえで、スポーツバッグのなかにおさめた。たったそれだけで部屋のなかは完全に空になった。

当惑とともに秋枝はきいた。「本当に退去するんですか」

「もちろんです」藤崎はスポーツバッグから、スプレー式の清掃用洗剤ボトルと、雑《ぞう》巾《きん》をとりだした。「もうよろしければ床を拭《ふ》きますんで」

「ああ、はい……。でも瑕疵借りの藤崎さんが退去なさって、オーナーの佐野さんは困るでしょうね……」

「僕の退去自体はそれほどでも。こんな短期間じゃ報酬は受けとれません。佐野さんは僕に払うはずだったお金で、次の瑕疵借りを雇うでしょう」

「その人が長く住むうちに、瑕疵のインパクトは和らいでいくでしょうか」

「いちおう新丸子駅の徒歩圏内だし、全体の家賃を下げさえすれば、この部屋以外は埋まるでしょう。ただあなたの話により、懸案事項の発生が確実になってきましたから、そこは厄介かなと」

「懸案事項？」

藤崎はひざまずくと床をスプレーし、雑巾で拭きだした。「あなたは小犬についてネットで情報を呼びかけたんですよね。するとここの斜め向かいに住むご主人が反応した。なぜだと思いますか」

「そりゃもちろん親切な人だから……」

「定年退職して暇を持て余してるからです。好奇心旺盛《おうせい》でおせっかい、情報通気取りで注目も浴びたがってる。近所とも情報交換するうち、ご主人は遅かれ早かれ、三〇八号室の住人についていろいろと吹聴《ふいちょう》します。もうしてるかも」

「まさかそんな」

「バズりたくてSNSに動画を上げるか、どっかのテレビ局のニュースサイトに投稿するでしょう。瑕疵物件で面倒なのは、事件それ自体でなく、興味本位による流言の拡散です。殺された住人が、動物を勝手に連れ帰る異常者だったとわかれば、世間の話題に火がつきます。不動産価値は下落の一途をたどります」

秋枝は動揺した。「ぼ、僕のせいで取りかえしがつかなくなったとでも？」

「おいくつですか」

「僕ですか？……三十五です」

「あー。じゃ僕のほうが一コ上ですね。なら遠慮なくいいます。あなたのせいです」

「だけど……。モカがいなくなり、この部屋に攫われたのは事実なんです。真実を追っちゃいけなかったというんですか」

「あなたがリードをつけてれば、ここでの殺人事件など意識もせず、以前と変わらない毎日を送れた。それだけです」

思わず言葉を失う。秋枝は無言で立ち尽くした。藤崎が四つん這《ば》いで雑巾をかけるのを、黙って見下ろす。

いわんとしていることはわかる。このマンションにおいても、住人が空き巣に刺された、それだけの瑕疵で終わったはずだ。なのに大衆の好奇心を掻《か》き立てる新たな燃料が投下されてしまった。野良犬や野良猫を含め、いままで動物が何匹もマンション内に消えていたとなれば、どうなったのかと気味悪がられるだろう。殺人事件のあった部屋は完全に修復されたが、行方不明の犬や猫については、いつまでも世間の話題に上る。壁に塗りこまれたとか、よからぬ噂が立つのも目に見えている。時間とともに風化していく瑕疵でなく、不気味な都市伝説として語り継がれる材料になってしまう。

心が深く沈んだ。このマンションのオーナーや住人らに迷惑をかけてしまったのか。いままで自分のことを、愛犬を連れ去られた被害者だと考えていた。しかし藤崎に指摘され気づいた。自覚できていなかった影響が生じている。

飼い主の責任からは逃れられない。リードをつけておくべきだった、すべてはそこに集約されてしまう。

秋枝は頭をさげた。「お騒がせして申しわけありませんでした……」

返事はなかった。藤崎は黙々と床の拭き掃除《そうじ》に従事している。手伝いを申しでるべきかどうか迷った。だが邪魔になるだけだろう。秋枝はもういちどおじぎをし、靴脱ぎ場へと向かいだした。

藤崎の声が呼びかけた。「秋枝さん」

足をとめ振りかえった。藤崎は床を這《は》いまわり、雑巾を持つ手をしきりに動かしていた。

顔もあげず藤崎がいった。「警察でうまく話せば、部屋の遺留品の一覧か、写真ぐらいは見せてくれるかもしれません。得られる情報はそれぐらいでしょうが、粘るだけの価値はあると思います」

「……ありがとうございます」秋枝はささやいた。

それっきり会話はなかった。沈黙に押しだされるように、秋枝は靴を履くと、ドアの外へと退出した。

冷たい夜気のなか、ひとり外廊下に歩を進める。瑕疵《かし》借りの藤崎とはふしぎな人だった。ぶっきらぼうなようでいて、多少なりとも心配《こころくば》りを感じさせる。助言も適切だったように思える。頭の回転が速そうだ。

しかしオーナーに頼まれて、ごくわずかな期間住んだだけの瑕疵借りが、これ以上なにかしてくれるわけでもない。

このマンションが負った傷を深めてしまった。胸が張り裂けそうなほど痛い。モカの愛らしい姿が目の前をちらついた。視界が涙に揺らぎだすと、モカもそのなかに消えていった。代わりに妻子を想った。眞美、颯真。結局あの悲しみの日々へと戻るしかないのか。

4

翌日の昼下がり、秋枝は中原署を訪ねた。くだんの防犯カメラ映像をＳＤカードにコピーし持参した。

すでに解決している殺人事件に対し、こちらは小犬を攫《さら》われたという訴えだ。いちおう話をきいてもらえれば御の字、過度な期待は禁物にちがいない。そんな心構えで臨んだ。

ところが担当刑事は動画を観ると、意外にも親身になる姿勢をしめし、相談に応じてくれた。四十過ぎとおぼしき刑事は、署内の小部屋で事務机を挟み、秋枝と向き合った。刑事の話によれば、小幡哲が野良犬や野良猫を自室に連れ帰る姿は、マンションのほかの住人に目撃されていたという。

刑事が告げてきた。「小幡哲さんという人は地方出身でして、親が借金まみれだったり、家庭にはいろいろ問題があったんです。大学に進学できず、将来のための資格取得も放棄せざるをえなかったようです。その後は仕事もうまくいかず内向的になり、精神を病みがちで」

「将来の資格というと……？」

「それが」刑事は言葉に詰まった。「何年か前、まったく別の被疑者でしたが、埼玉で似たようなことがありましてね。野良犬や野良猫、近所で飼ってる小型犬や猫が消えたりする事件が起きたんです。それが獣医学系大学をめざす浪人生のしわざで……。あのう、勝手に解剖をね」

感覚は鈍かった。取り乱しそうになるのを察知し、みずから感情を封じこんだ。きくべきことははっきりしている。秋枝は刑事に問いかけた。「小幡さんという人は、獣医をめざしてたんでしょうか」

「そうです。獣医師免許をとるには国家試験に合格しなきゃいけません。でもそれより、六年制の獣医学系大学に入学するほうが、さらに難しいのが現実でしてね。小幡さんは長いこと浪人してたそうです」

「……たしか五十手前でしたよね。まだ勉強をつづけていたんですか」

「いえ。もっと若いうちにあきらめて、別の仕事を転々としたことになってます。でも本当に断念したかどうかは、私どもではわかりません」

「部屋のなかには、それらしい痕跡《こんせき》が……?」

刑事が首を横に振った。「それが、埼玉の事件では見るも無惨な動物の死骸《しがい》が、あちこちに散乱してたんですがね。小幡哲さんの部屋には見あたらなかったと、鑑識の報告にもあります」

秋枝のなかに戸惑いが生じた。「どういうことでしょうか。モカは三〇八号室に連れこまれなかったんですか」

「いいえ」刑事は手帳のページを繰った。「そういうわけでは……。猫がひっかいた痕《あと》や、小型犬らしき体毛、唾液《だえき》や汗と思われる少量の痕跡は検出されています。当時はにおいも残っていましたが、血液は一滴も発見できていません。解剖などを室内でおこなったとは考えにくいです」

モカとほかの犬や猫は、ただちに絞め殺されてしまったのではないか。秋枝はそんな不安にとらわれた。獣医になるための勉強というより、なれなかった悔しさが募るあまり、恨みを動物にぶつけたのではないのか。

刑事がつづけた。「なんにせよ室内にあったのは小幡さんの遺体だけで、犬や猫は一匹もね……。可哀想だけれども、どこかに捨ててきたとか、そういうこともありうるでしょう。殺人犯も動物を盗んだとは供述していないので」

これでも刑事は言葉を選んでいるつもりらしい。いちおう気遣いに満ちた目を向けてくるからだ。だが秋枝にとっては拷問に等しかった。小幡哲と犬を結びつける関連性を知らずにいたうちは、まだ落ち着いていられた。いまはもう冷静さを維持できない。

いつしか顔いろが悪くなっていたにちがいない。刑事がたずねた。「だいじょうぶですか」

「はい……。あのう、部屋から首輪は見つからなかったでしょうか。エンジいろのチェック柄で、リードをつけるためのフックは金いろ……」

刑事は渋い顔で否定した。「それらしき物は」

「じゃあ体毛は？　ジャック・ラッセル・テリアの白か茶いろの毛です」

「犬種まで識別するのは困難でして。とにかく犬や猫を長期間飼ったなら、ケージやペットマット、餌なんかがあるはずなんですがね。そういう類《たぐ》いの物はいっさい見あたらなかったんです。お気の毒ですが……」

あとの言葉はろくに耳に入らなかった。モカについては窃盗被害を訴えることはできるが、被疑者死亡のまま書類送検、不起訴に終わるだけだという。民事なら被疑者が死んでいても、相続人に損害賠償を求めることも可能だが、小幡は離婚して久しい。そちらのことは警察の関わる範疇《はんちゅう》になく、詳しいことはなにもいえない……。刑事の説明はそんなところだった。

秋枝は半ば放心状態で、ふらふらと中原署をでた。武蔵小杉駅からひと駅、新丸子駅へ移動すると、自分のアパートではなくラルーチェ武蔵小杉へ足が向いた。

オーナーの佐野は見かけなかった。三〇八号室を訪ねたが、インターホンは沈黙したままだった。人がいる気配はもうない。新しい瑕疵借りはまだ来ていないのだろうか。

なにもせずにはいられない。システム手帳の一ページを破りとり、きょうの刑事とのやりとりを簡潔にまとめて書いた。〝藤崎様へ〟と宛名《あてな》を記し、きのうのお礼を添え、郵便受けに投函《とうかん》しておいた。瑕疵借りどうしに交流があるかどうかは知らないが、手紙ぐらいは同業者に渡されるかもしれない。

マンションをでたものの、帰路に就くのもしんどかった。秋枝は近くの公園へ赴いた。モカがいなくなった公園。行けば辛《つら》くなるのは承知のうえだった。それでも足を運ぶことを望んでいる気もした。最後に別れを告げたい。モカだけでなく眞美や颯真も、そこにいるように思えてならない。

公園はひっそりとしていた。子供ひとり見かけない。もう枯れ葉ひとつない地面を歩き、ベンチに腰掛けた。前にここに座ったとき、足もとにはモカがいた。

胸が苦しくなり、秋枝は前のめりにうずくまった。両手で頭を抱える。この界隈《かいわい》が嫌になる。またしばらく緑豊かな郊外で過ごしたい。なにもかも忘れてしまいたい。

真っ当に生きてきた。小さいころから嘘をつかず、ささいな罪ひとつ犯したことがない。妻子にも愛情を注いだ。ふたりを失ってからはモカが心の支えだった。なのにすべてを失った。恨むべき対象までこの世にいない。頭がおかしくなりそうだ。この途方もない失望、際限のないほど遣《や》る瀬《せ》ない思いを、いったいどこにぶつければいい。

5

藤崎が秋枝の住むアパートを突きとめるのは容易だった。ラルーチェ武蔵小杉の近くでペット可のアパートといえば、一軒しかなかったからだ。あとは住人にそれとなく話をきくだけでよかった。秋枝の部屋が木造二階建ての一階、いちばん端のドアだと判明した。

その部屋には長いこと窓明かりが灯《とも》らなかった。退去を疑ったが、アパートの大家によれば、まだ契約はつづいているという。秋枝はたびたび郊外で休息をとるらしく、長期にわたり不在にすることも多いようだ。今回もそうだろうと大家はいった。

もう三月になっていたが、気温の低い夕暮れどきだった。一か月と四日ぶりに、秋枝の部屋の窓明かりが確認できた。

やれやれと藤崎は、いったんラルーチェ武蔵小杉の三〇八号室に戻り、また出直してきた。藤崎は結局このひと月以上、前と同じ部屋に住みつづけていた。別の瑕疵借《かし》りに交代するつもりが、秋枝に会おうにもずっと留守だったため、帰りをまたざるをえなかったせいもある。

ふたたびアパートの前に立った。路地には人通りがほとんどない。この辺りの住民が帰宅してくるのは、もう少し時間を経てからだ。しかし秋枝が部屋にいるのはわかっている。かすかに生活音もきこえていた。

おそらく秋枝は精神的にかなりやられているだろう。やつれきったようすが目に浮かぶ。顔を合わせるのはどうも忍びない。どんな言葉を交わせばいいかもわからない。こういう状況は苦手だった。

迷ったあげく、藤崎は手にしたリードをドアノブに結びつけた。そのうえでインターホンのボタンを押す。さっさと背を向け、藤崎はアパート前から立ち去りだした。

はい、と秋枝の力なく応じる声がきこえた。もう数メートル以上の距離がある。藤崎は振りかえらず、むしろ逃げるように歩を速めた。

ところがジャック・ラッセル・テリアは、もともと狩猟犬に多い犬種のせいか、わりとよく吠《ほ》える。置き去りにされる不満を声にだし、ワンワンとけたたましく吠えだした。小型犬のわりにはかなりの声量だった。

なおも藤崎は足をとめなかった。するとドアが開く音がした。犬の声はいっそう甲高くなった。飼い主を見たからだろう。共鳴するかのように秋枝の歓喜の声がきこえた。

藤崎はほとんど小走りに遠ざかった。立ち話など御免こうむる。

だがサンダルの音がせわしなく追いかけてきた。秋枝の声が切実に呼びかけた。

「藤崎さん!」

しばらく歩きつづけたが、秋枝は必死に追いすがってくる。仕方なく藤崎は足をとめ振り向いた。秋枝の外見は案の定、げっそりと痩《や》せ細っていた。目の下にくまができ、無精髭《ぶしょうひげ》も生やしている。パジャマ姿なのがだらしなさに拍車をかける。ただしいまは顔に生気が宿っていた。両腕のなかに抱いているのは、さっき藤崎の連れてきたジャック・ラッセル・テリアだった。秋枝の愛犬モカはきょとんとしたまなざしをこちらに向けている。

秋枝は信じられないという表情だった。興奮をあらわに秋枝がうわずった声を発した。「これは……いったい、どうして……。なんでモカが……」

「よかったですね。それじゃ」藤崎は踵《きびす》をかえした。

「まった！」秋枝は駆け寄ってくると、藤崎の行く手にまわりこんだ。「いったいなんとお礼をいえばいいのか……。まるで夢みたいです。いや、でもしかし、どうやってモカを見つけてくださったんですか。どこにいたんですか」

秋枝は顔を真っ赤にし、涙ぐみながら目を瞬《しばた》かせる。モカを抱く姿は最高に幸せそうだった。藤崎は仏頂面を貫くつもりが、多少なりとも表情が和らぐのを自覚した。こんな気分になるのはいつ以来だろう。

だが微笑むまでには至らなかった。藤崎は感情を抑えこみ、いつもどおりぶっきらぼうな態度を保った。この仕事で心を動かされて、得をすることはなにもない。

藤崎は視線を逸《そ》らした。「子犬や猫を部屋に連れ帰るのは、感心できることじゃありません。でも秋枝さんの手紙にあったとおり、小幡哲さんが獣医をめざしていたのなら、猟奇に走る以外の可能性も考えるべきでしょう」

「……というと？」

「あくまで動物の命を救いたいから獣医になろうとした……。獣医学系大学への入学は果たせずとも、受験勉強で知識はそれなりに得ていたかもしれません。小幡さんは気づいたんですよ。モカのやたら大きな息遣いに」

いまモカはそんなに荒い呼吸をしていない。秋枝もようやくそのことに意識がまわったようだ。驚きのいろとともに秋枝がきいた。「モカは病気だったんですか？」

「小型犬の心臓病……。僧帽弁閉鎖不全症になるケースが多いそうです。たいてい加齢が原因だとききました。モカはまだ若いですが、僧帽弁が悪かったようで、血液が逆流し、進行すると呼吸困難になるとか」

「なっ」秋枝は絶句する反応をしめした。

藤崎はいった。「ほかの野良犬や野良猫もそうですが、小幡さんは路上で見かけた小さな命を救おうとしたんです」

「じゃ自分で治療をしようと？」

「いえ。さすがにそんなことはできませんよ。室内に痕跡《こんせき》がほとんどないことから、小幡さんが拾ってきた犬や猫は、ごく短い時間しかそこにいなかったと推測できます。特に人間よりかなり心臓の小さな小型犬は、手術の難易度も高いそうです。でも小幡さんは、そんなモカでも助けられると思った」

「……誰か獣医の知り合いがいたんでしょうか」

「そうです。一緒に勉強してきた同期の友達がいました。名前は伏せますが、小幡さんは彼に病気の犬や猫を託し、治療をせがむのが常だったようです。費用はいつもツケだったようで、あとでかえすというのが小幡さんの口癖だったらしいですが……」

「その獣医さんを突きとめたんですか？」

「前にもいったように、遺留品に職探し用の履歴書があり、そのコピーをもらっていましたから……。小幡さんが卒業した高校の近くにある、獣医学部向け予備校をあたりました」

「それで友達が判明したと……」

「かつて苦楽をともにしてきた仲だけに、無下に断れなかったと、その獣医が証言してます。迷惑に思いながらも、夢破れた小幡さんの動物好きに免じて、いつも引き受けてしまうのだとか」

獣医は親友の悲劇を知り、ひどく意気消沈していた。生前の小幡に対しては、ツケの清算を求めたがっていたものの、もう忘れることにしたと獣医はいった。むしろもっとできることがあったのではと、絶えず後悔にさいなまれる日々だという。

ただし獣医は小幡からの頼みについて、いつも勤め先に内緒にしたうえで、私的に可能な範囲で対応してきた。万が一にも飼い主がいて、トラブルになったとしたら、断固として関与を否定する。獣医は小幡にそう警告していた。小幡が路上の犬や猫を連れ帰っていた事実が、仮に世間の噂になった場合も、けっして助け船はだせない。それでいいなら治療する。獣医は毎回そんなふうに条件付きで、小幡の依頼を引き受けていた。

藤崎はつぶやいた。「モカには首輪があったし、身体もきれいでした。だから捨て犬でない可能性が高いと獣医も考えていたそうです。完治しだい小幡さんが飼い主を捜すつもりだったと……」

秋枝が震える声でささやいた。「そんなことがあったなんて……」

「事情は世間に明かせません。獣医さんに迷惑がかかりますから。でもこのままだと、そのうち小幡さんが犬や猫を攫《さら》っていたと、よからぬ噂がひろがります」

「どうすればいいんでしょうか」

「あなたに防犯カメラ映像を見せてくれた、マンション斜め向かいの家のご主人というのは、貝藤《かいどう》さんですよね。あの人が面白半分に噂を流布するのをやめさせなきゃいけません。僕にとっても厄介な後始末だと思ってましたが……」

秋枝が真顔になった。「それなら僕がやります」

「……まかせてだいじょうぶですか」

「はい」秋枝がうなずいた。「小幡さんが恩人だとわかった以上、名誉が傷つけられるのをほうってはおけません。獣医さんに火の粉が飛ばないよう留意しながら、貝藤さんを説得します」

「中原署の刑事とも話すべきでしょう」

「モカの無事を知らせます。ほかの犬や猫も、部屋に血の一滴も見つからなかったのだから、残酷な行為があったとは信じられないと強く申しいれます」

「もともとモカがいなくなったと届け出ておきながら、〝人騒がせな〟と怒られるかも」

「かまいません」

秋枝の決意に満ちたまなざしを見かえすうち、藤崎のなかにも安堵《あんど》が生じてきた。

小幡哲が犬や猫を攫っていたとしても、被疑者死亡のまま書類送検、不起訴になる前提だ。捜査員としては波風が立たないほうが、本音ではありがたいはずだ。秋枝の努力しだいで、すべてが丸くおさまる可能性も見えてきた。

なにより秋枝は、本当にわが子を愛《め》でるように、モカを大事そうに抱いているではないか。いまどきめずらしいぐらい、すなおで裏表のない男だった。不幸にして妻子を失い、秋枝は深く傷ついた。この小犬との関係こそが、唯一最大の癒《いや》しにちがいない。この純粋さがあるからには、きっとやり遂げてくれるだろう。

藤崎はいった。「なら瑕疵《かし》はいま以上に響くこともありません。事後処理をあなたに託して、僕はあの部屋を去ろうと思います。それでいいですか」

秋枝が戸惑いのいろを浮かべた。「それでは殺人事件の瑕疵自体は、軽減されないままに……」

「ほかの瑕疵借りに引き継いでもらいます。僕が報酬を受けとらなければ、佐野さんが次を雇えます」

「あれからひと月以上もいたのにですか？　しかもモカのために、いろいろ調べて動いてくださったのに」

「何本か電話をかけ、数人と会っただけです。小幡さんの不名誉を払拭《ふっしょく》し、瑕疵の影響が長引かないようにできるかどうかは、あなたにかかっています」

「まかせてください。藤崎さん、本当にありがとうございます。この手にモカが戻るなんて……」

秋枝の目にまた大粒の涙が膨れあがった。そっとモカを抱く秋枝の姿は、まさしく幼児をあやす若い父親そのものだった。なんとも滑稽《こっけい》ながら、どこか微笑ましい。

とはいえ実際に藤崎の口もとが緩むことはなかった。藤崎は秋枝に背を向け、その場から立ち去った。今度こそ振りかえったりはしない。感慨にとらわれるなどまっぴらだ。情が移れば、そのぶん心を削られる。瑕疵借りにとっては致命傷でしかない。

6

瑕疵借りは表沙汰《おもてざた》にできる仕事ではないため、依頼を受けるにしても、会社や事務所には出向かない。かといって人目をはばかり密談せねばならないほど、極秘にこだわるビジネスでもない。バレたらたしかに困るのだが、闇稼業を気取るのは大げさすぎる。

だから地階にあるバーあたりが重宝する。午後八時過ぎ、藤崎は伊勢佐木町《いせざきちょう》の雑居ビルに出向き、エントランスわきの階段を下った。狭い店内にはカウンターしかない。

年じゅう閑古鳥が鳴いているありさまだが、待ち合わせの先客がいた。

スーツ姿の四十代、見てくれだけはサラリーマン風の土橋謙爾《どばしけんじ》が、ロックグラスを揺らしていた。顔をあげた土橋が藤崎を一瞥《いちべつ》した。「きょうは早いな」

藤崎は黒のダウンにスラックスを身につけていた。土橋の隣ではなく、ひとつ席を空けて座る。無駄口は叩《たた》かなかった。オーダーしなくても、カウンターのなかのバーテンダーは、いつもどおりグラス一杯の炭酸水を差しだしてくる。

土橋がいった。「ラルーチェ武蔵小杉の佐野さんな、おまえにお礼をいっといてくれって」

「なにもしてません」藤崎はささやいた。

「それでも感謝してるってよ。死んだ住人が、犬や猫を連れこんでた件、佐野さんの耳にも入ったみたいでな。悪評が広まらなくてほっとしたって」

「もとの瑕疵は説明責任がついてまわります」

「でもおまえはひと月以上住んだし、次の瑕疵借りが借りれば、まあ三〇八号室の浄化としちゃ充分じゃないか。殺人事件はあったけれども、それ以降にふたり住みました、礼金と敷金を半額にしときます。そんな説明なら入居者も募れる」

「佐野さんはもっと奇跡的なロンダリングを期待してたでしょう」

土橋は否定しなかった。「伝説の男を雇ったわりには、からくりを知りゃこんなもんかと思ったかもな。瑕疵借りってのは補修のパテか、痛みを和らげる薬の類《たぐ》いでしかない。対症療法だよ。瑕疵に原因療法なんてない」

いつもなら大家か管理会社の謝礼が、封筒に入った状態で、カウンターの上を滑ってくる。きょう土橋はなにも差しだしてこない。佐野が自主的にふたりぶん払ってくれる気前よさはなかったとわかる。残念には思わない。謝礼を辞退したのは藤崎だった。

土橋が藤崎に目を向けてきた。「仕事が無収入じゃ困るだろ」

藤崎は見かえさなかった。「今回はべつに」

「うちみたいな零細としちゃ、おまえに早く復帰してほしいんだが……」

「わかってます」藤崎は静かに遮った。禁錮《きんこ》刑ののち五年経たなければ、調査会社でふたたび働くことはできない。

せっかく気遣ってやったのに可愛げのない奴。土橋がそんな態度をのぞかせた。グラスに目を落とすと、棘《とげ》のある物言いで土橋が告げてきた。「届け出制の調査会社に正式勤務してるか、あるいはマスコミの取材でもなきゃ、ひとの事情をいろいろ嗅《か》ぎまわるのは問題になる。瑕疵借りにすぎないのに調査業の真似ごとなんかすべきじゃない。そこもわかってるか」

「……はい」

「ならいい。事故物件に住むのだけが仕事だ。背景を調べたりするな。それによって瑕疵が軽減されたり抹消されたりして、伝説だのなんだのと持ちあげられて図に乗るな。猿でもできる仕事だ。おまえにわざわざまわしてるんだよ。理解できてるな」

小言は予想の範囲内だった。というより前にもそっくり同じことをいわれた。はいと返事をするのもおっくうだった。なにも反応しなくていい。黙っていれば了承したと土橋は解釈する。

「ただな」土橋は前に向き直った。「まるで金にならなきゃ、おまえも働いてる意味がないだろう。安心しな。いい仕事をまわしてやる。次は千葉県八街《やちまた》市の戸建てだ」

「千葉?」

「そうだ」

妙な話だと藤崎は思った。関東で仕事をしたら、三か月は東北か西日本で次の仕事を請け負う。距離的に近い場所を転々とするのは好ましくない。瑕疵借りという生業《なりわい》の目的が発覚しやすくなるからだ。

土橋がつづけた。「いいたいことはわかる。だが今回は例外だ。またおまえに指名が入ったからな」

「……ほかの人にお願いしてもらっていいですか」

「なんで断る？」

「図に乗ってはいないんで」

「ああ」土橋が苦笑した。「さっきの説教とは矛盾してるか？　おとなしく間借りするだけの瑕疵借りに、指名もなにもあったもんじゃないよな。しかし今度のは、名指しするぶん報酬も弾むってよ」

「なぜですか」

「家主があらぬ疑いをかけられてる。そのせいで家を売るにも売れないから、早急になんとかしてほしいってよ。瑕疵借りの藤崎に」

断片的な情報ばかりで話が見えてこない。藤崎はグラスを手にとり、炭酸水をひと口すすった。「どんな瑕疵なんですか」

「それが瑕疵といえるかどうか。家主とはまるで面識のない女と、その娘のふたり連れが、家を訪ねたっきり行方不明。だから家主に疑いがかかった。夜中に家主が軽トラで山へでかけるのも、近所の連中が目撃した。荷台には女と子供のふたりが、それぞれおさまるぐらいの布袋が載ってたとか」

「家主が死体遺棄で取り調べを受けたんですか」

「いいや。警察がよく調べたところ軽トラの件は、女と娘がその家を訪ねるより、二週間も前の話だとわかった。家主が軽トラで山へ行った日には、女も娘も別の場所でぴんぴんしてた。これは完全に立証済みだ」

「なら濡《ぬ》れ衣《ぎぬ》ですか」

「そのとおり。でもそれから二週間後に、女と娘がその家を訪ねたのもたしかでな」

「二週間も差があるなら、ただ無関係のことだったんじゃないでしょうか」

「当然だ。家主による軽トラの深夜ドライブは、女と娘が家を訪ねる二週間前。なのに近所から死体遺棄を疑われる原因になっちまってる」

「二週間前だと近所の人たちにいえばいいでしょう」

「警察はそれで納得してるが、田舎の住宅街はそうもいかないってよ。ひとたび危ない人に認定されちまうと、どんなに筋が通ってなくても理不尽でも、けっして払拭《ふっしょく》できないとさ」

「そこは借家になってるんですか？」

「家主が不動産屋を通じて格安で貸しだしたが、予想どおり入居希望者は現れない。だから瑕疵《かし》借りに住んでほしいってよ」

腑《ふ》に落ちないと藤崎は思った。「疑われてるのは家主でしょう。僕がしばらくその家に住んだからといって、疑惑が薄らぐわけはないと思いますが」

「女と娘が家のなかに消えたままでてこないと、近所に信じる向きがあるんだ。物件そのものも怪しまれてる」

「宅内が殺人現場だったかも、って?」

「ああ。だが家主とは別の賃借人が、しばらく難なく暮らせば、やがてそういう噂も立たなくなる。それにだ。家主はおまえがいろいろ調べて、真相を突きとめてくれるのを望んでる」

「どういう意味ですか? 家主はなんで僕にそんなことを?」

「行きゃわかる」

「瑕疵借りは調査なんかするべきじゃないって……」

「仕事としちゃ請け負うな。しかし家主から個人的に頼まれて、おまえがどうにかするんなら、俺にはあずかり知らん話だ。瑕疵借りの仕事としちゃ邪道だが、報酬が高いからな。特別に目をつむってやる」

「調査は禁止なのか、そうじゃないのか、どっちなんですか」

「原則禁止だ。だが今回にかぎり稼ぎを重視して、自己責任でやってもいいと、俺はやさしさをのぞかせてるんだよ。それが不満か？」

やさしさとはちがう。土橋は稼ぎから一定の割合をピンハネする。藤崎の収入が増えれば土橋もそうなる。もともと薄利多売の瑕疵借りだが、そのぶん報酬の高い仕事は無視できない。

土橋が鼻を鳴らした。「つけあがるなって教訓は胸に刻んどけ。調査会社の人間じゃないんだから、めだつ動きはするな。常識の範囲内で嗅ぎまわるていどに留《とど》めろよ。それでも家主の頼みはできるだけきいてやれ。あくまで報酬のためにな」

「……千葉県八街市のどこですか」

「矢傳《やづた》三の二の十七。借家の看板がでてる。八街駅前の葉山《はやま》不動産に電話して、入居希望だと伝えろ。内覧へ行って、さっさと契約しちまえ」

ここでは資料もなにも渡されないのが常だった。行き先が告げられたら、もうそれ以上の説明はない。藤崎は席を立った。千円札をカウンターの上に置く。炭酸水一杯を奢《おご》ってくれるほど土橋は親切ではない。

店をでようとしたものの、ふと気になり足がとまる。わからないことだらけででかけるのが常だが、今回の仕事はどうもしっくりこない。藤崎は土橋にきいた。「その家主はどこで僕のことをきいたんでしょう。誰の紹介で依頼してきたんですか」

「俺が詳細を喋《しゃべ》らないのはな、関わりたくないからだ。いまここでおまえと会っちゃいない。瑕疵借りなんか知らない。事故物件に何者が住もうが知ったことじゃない」

瑕疵借りの斡旋《あっせん》などささいな罪でしかない。にもかかわらず必死に保身を図る薄汚い男、そういう見方もできる。だが藤崎は土橋に腹を立てなかった。関わりを避けたがるのは当然だ。瑕疵借りという仕事が問題視されしだい、藤崎はトカゲの尻尾《しっぽ》切りの憂き目に遭う。そこもやむをえない。仕事をまわしてもらえるだけありがたい。かつての職場に迷惑はかけられない。

藤崎はドアを抜けた。階段を上り、夜の伊勢佐木町、猥雑《わいざつ》な繁華街に歩を進める。

事故物件に住む。他人の都合のためだけに、どこかに移り住む。意思など持たない。藤崎は口もきかない洗浄剤だった。長く住めば住むほど部屋の浄化が進んでいく。それだけの役割でしかない。代わりはいくらでもいる。

7

以前は小ぶりなレンタカーを利用できたが、物価高のいま、瑕疵借りも経費節減に努めねばならない。寒空の下、電車で千葉駅まで行き、そこから三十分ほど総武本線の各駅停車に揺られる。殺風景な田舎然とした車窓の風景は、全国各地でお馴染《なじ》みといえる。日本の過疎地域はどこも似通っている。

駅舎自体は近代的な建物で、駅前ロータリーも設けられている。ただし待機のタクシーもいないほど閑散としていた。駅ビルなどなく、周辺にビル自体も見あたらない。古びた低層の建物と、薄汚れて退色した商業看板が点在する。ほかにはなにもない。昼間だというのにやけに静かだ。

そんなロータリーの歩道沿いに葉山不動産はあった。サッシの引き戸が出入り口の狭い事務所だった。白髪頭で老眼鏡をかけた店長が、ひとり事務机におさまっている。ほかに従業員はいない。いるスペースもない。差しだされた名刺には代表の葉山康隆《やすたか》とあった。

葉山は棚からファイルを引き抜いた。「瑕疵借りの藤崎さんだね。ちょっとまっててくれないかな。いま資料をだすから」

サッシ窓や壁には物件のチラシが縦横に貼ってある。土地つきの中古一戸建てでも八百万円台、いや六百万円台さえある。千葉の片田舎とはいえずいぶん安い。

すると葉山がファイルを開きながらいった。「手ごろな価格ばかりだろう。電車の本数が少ないし、道路は細くて入り組んでて、高速のインターも遠い。田んぼや畑ばかりで未整備な土地も多くてね。貧乏自治体だよ。静かなとこがいいけどね」

ふつうの客なら世間話につきあうのだろうが、藤崎は黙っていた。社交辞令は苦手だし、八街を取り巻く問題はだいたい知っている。葉山もなにもいわず、ファイルに綴《と》じられた書類を一枚ずつめくっていた。

ここと隣の富里《とみさと》市は、羽田《はねだ》に次ぐ新空港の建設候補地だった。しかし開墾した農地が戦時中、陸軍にどんどん接収されていった経緯もあり、地元住民が激しい反対運動を繰りひろげた。結局、新空港はさらに都心から遠い成田《なりた》市にきまった。

そんな事情からか国や県が、八街のインフラ整備に積極的でないとの噂がある。ただし完全に農村地帯のままかといえばそうでもない。中途半端な開発がなされている。バブル期に開発の動きがあったからだ。

都市計画法の区域区分がされていない、いわゆる非線引き自治体、それが八街だった。宅地開発の規制が緩く、農地の宅地転用もわりと容易《たやす》かった。そのため好景気を背景に、ろくに将来性も考えず、畑のなかに分譲地がぽつぽつと築かれていった。けれども大手デベロッパーが進出するのをまたず、バブルは崩壊。交通の利便性がきわめて悪い、いわば陸の孤島に、宅地が点在して取り残された。周りになにもない地域のそこかしこに、建売住宅の数棟が密集していたりする。

「あった」葉山がファイルをこちらに向けてきた。「これだよ。矢傳三の二の十七。ちゃんと上下水道と都市ガスが引いてあるな。この地域じゃめずらしいんだよ。家庭用井戸ポンプと浄化槽のとこも多くて」

チラシに外観の写真はなく、間取り図しか載っていない。昭和六十三年築。まさしくバブルの乱開発の時期だ。建売販売だったのだろうか。もう三十五年が経過している。敷地面積は七十六・八三平方メートル、約二十三坪といったところか。二階建てだった。都会なら充分に贅沢《ぜいたく》な広さとなる。だが田舎では事情がちがう。古びた上物はもう無価値だろう。土地も格安にちがいない。賃料は月四万八千円。これだけの大きさの戸建てとしては猛烈に安い。にもかかわらず借り手がつかないらしい。

4LDKで一階には八畳の和室がある。二階には洋室がふたつと和室がひとつ。藤崎はいった。「シューズインクロークがないですね。パントリーも」

葉山が苦笑いを浮かべた。「そんなのは最近の発想だからね。玄関を広めにとったり、吹き抜けを作ったりするのも、当時は流行《はや》らなかった。宅内には広い部屋をできるだけ多く、そればっかりでね。このLDKなんか一か所も収納がないだろ?」

客が相手ではないため、物件の欠点を露骨に口にしてくる。藤崎はうなずいた。

「一階と二階の和室も、ごくふつうの押し入れですね。布団をしまえるていどの」

「それでも二階にはウォークインクローゼットや物入がある。どっちもいまの基準でいえば、ちっぽけで使いづらい。そうはいっても安く住める」

「一階の和室の上には部屋がなくて、小さめのウォークインクローゼットだけなんですね。総二階じゃないってことですか」

「現地を見れば一目瞭然《いちもくりようぜん》だよ」葉山は立ちあがった。「図面のコピーをとるよ。賃貸契約書は現地に持って行って、問題なければその場で……。印鑑は持ってきてるね？」

「はい」

「結構。まっててくれ」葉山がコピー機に向かいあった。

藤崎はたずねた。「家主はどんな人なんですか」

「高齢者じゃないんだ。都会住まいでこっちにセカンドハウスを持ちたがる、わりと若い世代が物件を探しにきたりする」

「ああ……。趣味の家を郊外に持ちたいとか、そういう人ですか」

「まさしくそうだよ。八街の物件は安いから、ネットで見て飛んでくる。クルマを数台置きたいとか、大きなホームシアターがほしいとか、音楽をやりたいとか……。週末だけこっちで過ごすわけだ。都内じゃそんなの難しいからね。でも半年もすれば、みんな家を売りたがる」

「行き来するのにも、想像以上に手間と時間がかかるからですか」

「お金もね」葉山が目を細めた。「電車代にしろ高速代とガソリン代にしろ馬鹿にならん。みんなこの辺りの不便さを甘く見てるんだよ。しかも市内は畑ばかりとはいえ、宅地開発は建売を密集させてるから、隣近所との距離も近い。案外、騒音には気を遣わなきゃいけない」

「田舎にぽつんと建つ一軒家を思い描いていたら、じつは肩身の狭い思いを強いられたと」

「しかしこの家主さんは、本気で移住を考えてた人でね。静けさを好んでたから申しぶんないと思ったらしくて、すぐにローンを組んで購入してくれて」

「いつごろ購入したんですか」

「ほんの三か月ほど前だよ」

「……なのにもう貸しだしてるんですか」

「貸すどころか本当は手放したいというんだ。消防団に入るよう誘われたのがおっくうだったみたいだな。でも買い手がつかないと悩んで、瑕疵《かし》借りを迎えるのを前提に、貸しだしってかたちをとることになった。あなたがしばらく住んでくれて、悪い噂が帳消しになるのを願ってるとか」

土橋にきいた話と大差ない。藤崎の疑念は深まった。「葉山さんが瑕疵借りを勧めたんですか?」

「いいや。正直なところ、私は瑕疵借りなんて知らなかったよ。このへんの不動産不況はそれ以前の問題だからな。でもこの家主からきいて、協会の仲間に問い合わせたら、こっそり教えてくれた。大きな声じゃいえないが、そんな生業《なりわい》があると」

「家主はどういう人……」

「できた」葉山は図面のコピーを渡してきた。「あとは現地へ行ってからにしよう」

閑古鳥の鳴く葉山不動産は、一時的に店を留守にするにあたっても、特に断りの貼り紙が必要ないらしい。葉山はサッシに鍵《かぎ》をかけ、店の裏にとめた軽自動車に案内した。ダイハツのムーヴ、ドアには葉山不動産のステッカーが貼ってある。藤崎は助手席に乗った。葉山の運転で物件へと向かう。

駅周辺には新しい市街地が形成されていない。駐車場ばかりを見かける。通勤客が駅まで乗ってきた自家用車を停めるのに使っている。こういう地域はめずらしくない。幹線道路は上下二車線のみで狭く、アスファルトも補修だらけで凸凹としていた。道沿いの旧商業地は、来客用の駐車スペースを持たず、衰退の一途をたどる。閉じたまま錆《さ》びついたシャッターが長い歳月を物語る。

少し走るともう畑と雑木林ばかりがひろがっていた。宅地はそこかしこに見かけるが、やはり無秩序な分譲だったとわかる。意味もなく道路からひっこんだ場所に、数軒の住宅がまとめて建っている。広大な印象を受けるのは、坂が目につかないからかもしれない。一帯は平地だった。美しい自然というより、単なる田舎でしかない風景が、地平線の彼方《かなた》までつづく。

葉山が運転しながらいった。「そこは落花生畑だよ。あっちは人参で、その向こうは里芋だったかな。畑ばっかりで田んぼがないのは、河川がないからだ。むかし開墾には苦労したらしいよ」

「落花生の産地としちゃ有名でしょう」

「そこへ行き着くまでも大変だったとさ。茶葉やら養蚕やらいろいろ試したうえで、なんとか八街産落花生にもこぎつけたって。ずっとお先真っ暗だったとか。みんないってたそうでね。やっちまったって」

藤崎は黙って車外を眺めていた。脇道は舗装もされていない。かつてバスの待合所だったらしい、トタン板に囲まれた粗末な小屋は、いまにも朽ち果てようとしている。バス停の看板はない。路線バスが廃止されたとわかる。コミュニティバスの看板は別けが響いてくる。「やっちまった。八街だけにね」

駄洒落《だじゃれ》が通じていないと感じたのか、葉山が付け加えた。

の場所で見かけた。

つきあいで笑うという習慣が藤崎にはなかった。こういうときには無言を貫くにかぎる。意味のないお喋《しゃべ》りに終止符が打たれる。車内は静かになった。ロードノイズだけが響いてくる。

駅をあとにしてからずいぶん走った。コミュニティバスの停留所すら、もう目につかなくなった。コンビニもガソリンスタンドもない。さらに延々と走っていく。こんな場所ながら、上下水道に恵まれた物件があるとは、まさに奇跡に等しい。クルマは脇道へと折れた。いちおう舗装された細い路地が、畑のなかを蛇行している。

葉山がつぶやいた。「さあ着いた」

畑と雑草地ばかりだった一帯の行く手に、また突然のように、住宅の密集地が出現した。十戸ほどの二階建てが窮屈そうに寄り集まっている。辺りの開けぐあいからすれば、もう少し分散してもよさそうなものだが、インフラの整った宅地はかぎられているのだろう。

路地の両脇にわりと大きめの家が建ち並ぶ。古くはあるものの瓦《かわら》でなくスレート屋根で、やはりバブル期の建築だとわかる。宅地の中心付近で葉山がクルマを道端に寄せた。

門柱はあるが門扉や塀がない。コンクリート敷の庭は駐車スペースだろう。クルマはそこに停まった。葉山がエンジンを切る。藤崎はドアを開け車外に降り立った。

多少なりとも意外に感じる。家は大きく、しかも思ったより新しく洒落《しゃれ》ていた。外壁はラップサイディングでカリフォルニアハウス風だった。すなわちアメリカ西海岸によく見られる住宅を模している。もっとも輸入住宅ではなく、随所に純和風の趣が混ざるあたり、いかにも昭和末期から平成初期あたりのデザインといえる。

急勾配《きゅうこうばい》の切妻屋根は、まるで積雪地域のようだった。雨漏りがしづらい反面、屋根そのものの面積が大きくなるため、塗り直すときのコストが高い。補修にはいちいち屋根足場も必要になる。

玄関ドアは前面道路に向いていた。正面が南向きなのは理想的といえる。西側の一階は和室だが、その上が部屋でなく収納になっている理由も、外観からわかった。そこだけ二階建てではなく、平屋のように張りだしている。和室の上はすぐ切妻屋根になっていた。つまり二階西端のウォークインクローゼットは屋根裏空間だった。

間取り図からはまったく推測不能だったこともある。平屋部分の屋根から、二階建て部分の西側外壁に沿い、垂直にレンガの煙突が生えていた。

藤崎は煙突を見上げた。「下は和室のはずですよね。暖炉が……？」

「いや」葉山が笑った。「この煙突はフェイクだよ。宅内には暖炉も配管もなにもない。最初に家を建てた施主のこだわりだったらしくて」

「じゃあ屋根の上から打ち付けてあるだけですか」

「そう。屋根に穴を開けちゃ雨漏りしちまうし、その必要もないしね。飾りにすぎないけど、よく長いこと維持できてるよ。いちども補修してないらしいから、壊れてもよさそうなものなのに」

葉山はファイルを小脇に抱えながら、玄関ドアへと近づいていった。ポケットから鍵をとりだし解錠にかかる。

そのとき藤崎は視界の端に、近づいてくる人影をとらえた。高齢とおぼしき女性の声が話しかけてきた。「ここに住む気？」

藤崎はそちらに目を向けた。白髪頭に皺《しわ》だらけの女性が立っていた。気温はまだ低いが農作業着姿で、首には手ぬぐいを巻いている。

「……はい」藤崎はぼそりと応じた。

高齢女性は目を瞠《みは》った。「この家にはね、よそのお母さんと娘さんが入ったまま、二度とでてこなくて……」

葉山が駆け戻ってきた。「吉里《よしざと》さん！　駄目ですよ。うちのお客さんに話しかけないでください」

吉里と呼ばれた高齢女性は悪びれずに反論した。「ここに住むならご近所さんでしょ」

「まだちがいます。契約してないんですから」

「でも」高齢女性はふたたび藤崎に向き直った。「住む気でしょ」

藤崎は戸惑いとともに吉里を見かえした。「ええ……」

「壁のなかにお母さんと娘さんが塗りこまれてるかもしれないの。だから壁紙をよく見て。カビが黒く浮かびあがってたら、その壁に……」

葉山がじれったそうに遮った。「前にもいったでしょう。この家は在来工法じゃなく、ツーバイフォーに近いパネル工法なんです。柱じゃなく壁面で構造を支えてるから、ぶち抜いたりはできないんですよ。穴を開けてなかに人を隠すなんて無理です」

吉里なる高齢女性は藤崎から目を離さなかった。「三軒隣の池茨《いけいばら》さんもね、おじいさんがボケちゃって、猫の死骸《しがい》を壁のなかに埋めこんだの。上から壁紙を貼ったけど、すごく臭くなって、そこだけ真っ黒になってきて、ウジが湧きだして……」

「だから」葉山が声を荒らげた。「池茨さん家《ち》は在来工法。ここはもうちょっと高価な建て方をしてる家なんです。いいからかまわんでください。藤崎さん、こっちへどうぞ」

葉山にうながされ、藤崎は一緒に玄関ドアへと歩きだした。吉里はその場にとどまっていたが、なおもぶつぶつと不満げに喋りつづける。「お母さんと娘さんが入ったままなんだよ、この家のなかに。可哀想に一歩もでられないまま、きっと飢え死にしてる。住むなら線香の一本もあげとくれよ。なにかあったら警察に電話。いい？　警察に電話……」

玄関ドアを大きく開け放ち、葉山が迎えてくれた。やれやれという表情を浮かべている。なおも吉里の声がこだまするなか、藤崎は宅内に入った。

靴脱ぎ場に葉山と並んで立つ。背後でドアが閉じた。ようやく静かになった。声が遮られたのではなく、吉里が黙ったらしい。ほどなく立ち去るだろう。

ホールと呼ぶ狭い空間は薄暗かった。正面に二階への階段。左手に和風の襖《ふすま》、右手に洋風のドアがある。

藤崎はきいた。「いまの人は……？」

「お隣さんだよ」葉山がため息まじりに答えた。「軽度の認知症でね。ここの家主が軽トラで遺体を運びだすのを見たとか、山へ捨てに行ったとか、最初にいいだした」

「どこかの母娘《おやこ》が訪ねてきたのが事実だとしても、家主が夜中に軽トラででかけたのは、その二週間前だったそうですが」

「まちがいなくそうなんだ。警察の聞きこみでも裏付けられてる」

「……警察が来たってことは、母娘の失踪《しっそう》自体は本当にあったことですか」

しばし沈黙があった。葉山は深刻そうな面持ちだったが、やがて小さく鼻を鳴らした。「悪い噂を払拭《ふっしょく》するために、ここに住むのがあなたの仕事でしょう。さ、なかを案内しますよ」

葉山が靴を脱ぎ、フローリングにあがった。並べてあるスリッパを一足履く。藤崎もそれに倣った。

まず左手の襖が開け放たれる。にわかに明るくなった。八畳の和室には段ボール箱がいくつか積みあげられている。アマゾンのロゴいりの箱が交ざっていた。通販で購入した物らしい。玄関わきにシューズインクロークがないと、このように手近な和室が物置がわりになってしまう。

窓は二重構造で、サッシの内側にもう一枚、障子張りの引き戸がある。閉じきっておけば、室内からは純和風のムードが保たれる。南の縁側に面した掃きだし窓も同じだった。

床の畳はかなり使いこまれている。藤崎は見下ろしながらきいた。「畳は取り替えられて七、八年ぐらいでしょうか」

葉山が応じた。「そうだなぁ、それぐらいに見えるね。ささくれは部屋の使用頻度にもよるけど、多少カビくさい。裏返したとすれば、もっと前から敷かれてる畳だろう」

畳表の弾力性はかろうじて残っているため、三か月前の売買では、わざと交換しなかったのかもしれない。藤崎は室内を見まわした。「家主はできるだけ安く買いたがったんですね」

「ああ。畳の交換を勧めたが、自分でやるからいいといってね」葉山が押し入れの襖を開けた。「これなんかも処分しなくていいというんだ」

なんと押し入れのなかには、古い仏壇がおさまっていた。スペースいっぱいの大きさを誇る、立派な仏壇だった。楢《なら》の木でできているようだ。かなり重そうにも思えた。小さな阿弥陀如来《あみだにょらい》の掛け軸や、香炉や見台、花台もそのまま残っている。メッキは剝《は》げて黒ずみ、うっすら埃《ほこり》をかぶっていた。

押し入れのなかは暗く、仏壇の存在自体が不気味に見えてくる。藤崎は葉山にたずねた。「いつからここに……？」

「最初に建てた家族の物だと思うんだけどね。二十年ほど住んで、家族もひとりふたりと都会へでていき、最後は老夫婦のふたり暮らし……。おばあさんが先に亡くなって、ほどなくおじいさんが亡くなり、この家が残されたと」

瀟洒《しょうしゃ》な造りの家からすると、仏壇の放置された和室は異質に思える。藤崎は推測を口にした。「若い夫婦がどちらかの親にローンを援助してもらった。名義上は老夫婦と二世帯、子供ができたら三世代の同居。でも不便な田舎なので若いほうから順にでていき、結局ローンも老夫婦に押しつけた」

葉山が眉《まゆ》をひそめた。「ここの事情を知ってたのかね？」

「いえ……だいたいわかります。一緒に住もうねと老夫婦を言いくるめて、お金をださせるための和室です。二階にある和室も、もう一方の親が泊まれるって名目の部屋ですよね。そっちからもローンの頭金ぐらいはだしてもらったとか？」

「ご名答。どっちも両親からお金をだしてもらったんだよ。若い夫婦の父方の祖父母が、ローンのほとんどを負担したらしいがね。そもそも間取りは二世帯住宅じゃないし、ちょっと無理がある」

「最後までいた父親が亡くなったとき、息子夫婦は家を片付けなかったんでしょうか。

仏壇も閉眼供養をしたうえで処分するのがふつうですよね」

「そのころはまだ私が関わってないんで、細かい事情はわからんよ。でも息子夫婦は家を売るにあたり、不動産屋に仲介を依頼するんじゃなく、さっさと買い取ってくれるよう求めたらしくてね。ローンの残債がどれぐらいだったか知らないが、不動産屋は二束三文で買ったようだ」

「その不動産屋さんは、仏壇の処分すらしなかったんでしょうか」

「お坊さんを呼んで、ご先祖の魂を抜くぐらいのことは、さすがにしたと思いたいね。でもそれさえ終わってりゃ、仏壇はただの家具にすぎないってのが常識的な見方だ。寺にお焚《た》き上げを頼んだりせず、廃品回収に引き取ってもらうのもめずらしくない。不動産屋がその手続きを怠ったまま、ずるずるきたってことじゃないのかな」

「というと、そのあとは個人に販売されないままだったんですか」

「周辺の不動産屋で転売を繰りかえされたんだよ。それも積極的な売買じゃなくて、この辺りの土地柄を見りゃわかるとおり、不動産屋が潰《つぶ》れることが多くてね。仕方なしに所有権が次々に移った」

「葉山さんがこれを扱ったのも……」

「そう。よそが潰れて、うちが引き取った物件のなかに、ここも含まれてた。そんななかじゃ例外的に優良な部類だったよ。ご覧のとおり、わりときれいな家だからね」

仏壇は買い手がついてから処分しようと思っていた。どの不動産屋もそんなつもりだったのだろう。いまの家主が、その手続きをまちきれず購入したとすれば、買ったあと処分するはずだ。やはりわずかな金額も惜しんだとしか思えない。

「でも」藤崎は疑問を口にした。「妙ですよね。このにおい……」

「あ？　においって？」

「線香のかおりが残ってます。こんなに長くにおうでしょうか。いまの家主が線香を焚いたわけじゃないですよね」

「ありえないよ」葉山が鼻をひくつかせた。「私はべつに、なんのにおいも……。気のせいじゃないのかね？」

いや。たしかににおう。いちどでも清掃業者が入ったのなら、重曹水をスプレーして、においを消すだろう。どうしてこんなにおいが漂うのか。

葉山が襖を開け、玄関ホールへとでていった。「LDKのほうも見たら？」

仏壇への疑念を残しつつ、藤崎は葉山につづき、リビングルームへと移動した。そちらはフローリングの床だった。ふたり掛けのソファが置いてある。かなり広めのリビングとダイニングは、左右に開く二枚の引き戸で結ばれている。ダイニングにもテーブルと椅子がある。家具はどれも新しいがコンパクトで、低価格の大量生産品という印象だった。ダイニングから北へ折れればキッチンに至る。流しもガスコンロも年季が入っていた。

テーブルをさすりながら葉山がいった。「これら家具は家主の物だけど、そのまま貸すってさ」

生活できる最低限の物を揃えた感じだが、いちおう当初は長く住むつもりがあったようだ。藤崎は家具よりも壁のほうに関心があった。

壁面にてのひらを這《は》わせ、壁紙の浮きぐあいをたしかめる。藤崎はささやいた。

「壁紙、張り替えて十年ぐらいですか」

「どっかの不動産屋が所有中に手を加えたんじゃないかな。物件のみすぼらしさを隠すリフォームといえば、まず壁紙の張り替えが手ごろだからね」

逆にいえばほかのリフォームは、金がかかるためあまり好まれない。ドアやフローリングが傷だらけで艶《つや》がなく、いかにも古くさくても、それらは放置されがちになる。

藤崎はこぶしで壁を軽く叩《たた》いた。「たしかにパネル工法ですね」

「ああ。壁の面全体で支える構造だ。どの壁も壊せない。間取りを変えるリノベーションは不可能でね」

「人も埋められない、と」

葉山がさも嫌そうに顔をしかめた。「よしてくれ。警察もここは隅々まで調べた。なにもありゃしないよ」

「どういう事情があって、よその母娘《おやこ》が訪ねたのか、警察が調べるまでになったのか、捜査担当者にきくことはできますか」

「そりゃできる。佐倉《さくら》署の刑事さんに電話しといてあげようか。でも瑕疵《かし》借りってのは、そんなことまで……」

「いえ。個人的に知りたいだけです。怖がりなんで」

「ああ。これからこの家に住むわけだから当然か。心理的瑕疵と呼べるほどでもなく、ただ近所の悪い噂ってだけのレベルだがね」

「でも買い手がついたとしても、内覧に来るたびにお隣があんなふうに騒いだら……」

「そこなんだよ。どの客も逃げちまう。そう考えりゃ家主が瑕疵借りを頼るのも、わからないでも……」

家の外から叫ぶような声がきこえる。また高齢女性の怒鳴り声だった。なにごとかすごい剣幕でまくしたてている。

葉山が忌々しげに玄関へ向かいだした。「吉里さんだ。あの人はまったく」

リビングの出窓はカーテンで覆われていた。藤崎がカーテンを開けると、家の前が見渡せた。

吉里が絡んでいるのは新たな来訪者だった。スーツの男性に食ってかかる吉里が、ひときわ声を張りあげている。「あの母親と娘のふたり連れをどこへやった⁉　あんたが殺したんだろ」

玄関ドアから葉山が飛びだしていった。「吉里さん、いい加減にしてください！　隣人どうしだってのに、険悪な空気ばかり醸しださんでくださいよ」

隣人。家主が来たのか。吉里はなおも訪問者に罵声《ばせい》を浴びせた。「この人でなし。あんたが軽トラでふたりを運んでくのを見たんだからね」

葉山が険しい表情になった。「だからそれは二週間も前のことで……」

母娘が入ったままでてこない、壁に塗りこまれているという一方で、軽トラで山に捨てに行ったのを目撃したと主張する。吉里の言いぶんは支離滅裂で、まるで筋が通っていない。怒鳴られるばかりの家主も背を丸め、ただ怯《おび》えきっている。

だが家主の顔を見た瞬間、藤崎は衝撃を受けた。家主が両腕のなかに抱いている小犬にも見覚えがある。あわててサッシ窓の回転錠を解除した。藤崎は窓を開け放つや呼びかけた。「秋枝さん！」

一コ下の三十五歳、秋枝和利がはっとした顔をあげた。「藤崎さん。よかった。来てくれたんですか」

「まさか……。この家は？」

「僕が買ったんです。三か月ほど前に」秋枝は窓辺に近づいてきた。「最初は郊外にマンスリーマンションを探してたんですが、田舎暮らしを始めるのも悪くないと思って……」

吉里が秋枝を追いかけてきた。「逃げんのか！　連れこんだふたりをどこへやった？　山に捨ててきたんだろ！」

葉山が立ち塞《ふさ》がり、吉里の前進を阻んだ。「大声をださないでもらえますか。近所迷惑ですから」

事実として近隣住民らしき高齢者らが、ちらほらと路上に姿を見せている。みな尖《とが》ったまなざしをこちらに向けていた。秋枝が戻ってきたのを、露骨に疎ましがっているようでもある。

秋枝は開いた窓越しに、情けない声でうったえてきた。「藤崎さん。どうか助けてください」

抱かれたモカも憂いのいろを浮かべているように見える。藤崎はため息をついた。

「僕を指名したというのは、あなただったんですか」

「迷惑なのは承知してます。でもどうか、もういちどお力を」秋枝はおろおろとしながらいった。「ここを買ってからご近所の方々に目の敵《かたき》にされてるんです」

「あなたが夜中に軽トラをだしたのは、どっかの母娘が訪ねてくるより、二週間も前だったとか」

「母娘だなんて知りません。でも軽トラは本当です。家具を買うのに借りていました。千葉アウトレット……二十四時間営業のディスカウントショップで、中古の簞笥《たんす》を予約してあったんです。ご近所の方々が、どこかの母娘が家に入るのを見たという日は、それから二週間もあとで……」

吉里は地獄耳なのか、離れた場所から怒鳴った。「嘘だ！　荷台にふたりが横たわってた。母親と娘がそれぞれ布袋にすっぽり入ってた」

葉山が業を煮やしたように一喝した。「黙りなさい！　妙な噂を吹聴《ふいちょう》すると罪になりますよ」

なおも吉里が反論する。ふたりの口喧嘩《くちげんか》をききつつ、藤崎は頭を搔《か》いた。「おかしな状況に巻きこまれたことだけはわかりました」

秋枝はモカとともに切実な表情を向けてきた。「そうなんですよ。どうにも変なんです。理解を超えてます。ご近所もそうですが、なによりこの家が……」

8

藤崎は葉山が持参した賃貸契約書に署名捺印《なついん》した。賃借人の欄だった。賃貸人のほうは秋枝和利。念のため土地の権利書も見せてもらったが、たしかに秋枝が三か月以上前に購入している。なんとも酔狂な事態だが笑えない。

秋枝が瑕疵借りの藤崎を指名したのは事実だが、葉山は藤崎と秋枝が知人どうしとは思っていなかったらしい。じゃあ紹介の必要もないですねといい、葉山はそそくさと引き揚げていった。面倒な事態に関わりたくないと顔に書いてあった。

モカは尻尾《しっぽ》を振りながらLDKを駆けまわっている。藤崎のにおいが記憶にあるのか、特に警戒したようすもない。リビングルームには小ぶりなふたり掛けソファがあるものの、そこに三十代半ばの男たちが並ぶのは、どうにも居心地が悪い。

せっかくの広いリビングなので、藤崎はフローリングに腰を下ろした。秋枝はクッションを勧めてきたが、藤崎は尻《しり》に敷かなかった。

座る前に藤崎は窓の外を一瞥《いちべつ》していた。〝わ〟ナンバーのコンパクトカー、トヨタのパッソが停めてあるのを確認済みだった。藤崎はきいた。「きょうはレンタカーで来た？」

秋枝が応じた。「はい。いずれ足代わりの中古を安く買うつもりでしたが、もう家を売りたいんです」

「タメ口でいこうよ」藤崎は足を崩した。「一歳しかちがわないんだし」

「そうはいわれても……。お願いしてここを借りてもらったんですから」

堅苦しいほど礼儀正しい。秋枝にはそういう面があると思いだした。藤崎はため息をついてみせた。「ご自由に」

「引き受けていただいて本当に感謝してます。あ、冷蔵庫に飲み物があります。おだししましょう」

腰を浮かせかけた秋枝を、藤崎は片手で制した。「いいから、どうぞおかまいなく……。っていうか、ここはもう僕が借りた家のはずだけど」

「そうですね」秋枝が座り直した。「何度か休職するうち、上司が気遣ってリモートワークを提案してくれたんです。そこで地方住まいを考えたんですが、いっそのこと安い戸建てを買ってしまえばいいのではと思いまして」

フローリングを駆けめぐるモカを、藤崎は黙って眺めた。秋枝が妻と息子を事故で亡くしたのは約三年前。嘘偽りのない事実だった。小幡哲の件を調べるついでに、秋枝の過去に関しても確認してあった。事故は偶発的なものだ。家族を失った心の隙間を、飼い犬のモカが埋めてくれている。この先もペットと暮らしつづけるなら、賃貸より格安物件を買っておくほうが、ゆとりが生じるとの考えもわかる。

藤崎は秋枝にたずねた。「物件はネットで探した？」

「はい。なにしろ郊外の一軒家という、ざっくりした希望だったので、神奈川や埼玉を含め、あちこち見に行きました。でもこっちほど安いところはなかなかなくて」

「現地も見に来たんだろう？　近隣住民の性格の悪さが気にならなかった？」

「そのとき挨拶《あいさつ》した感じでは、誰もが温厚に思えたんです。隣の吉里さんも」

「家の購入はローンで？」

「ええ。貯金があまりなかったので、安い家でもわりと長めのローンを組みました」

「築三十五年だから、あちこち直していく必要に迫られると思うけど」

「そのことも考慮して初期費用を抑えたんです。ひとりと一匹の暮らしなら、問題なくやっていけるんじゃないかと思って」

けれども隣近所から言いがかりをつけられ、肩身の狭い思いをし、結局は家を売りたいと望んでいる。周辺住民があんな感じでは、内覧に来た人間にことごとく悪い噂を吹きこみかねない。壁の内部に人が塗りこまれていると、隣に住む高齢女性がわめき散らす物件だ。積極的に購入しようとする者は現れにくい。秋枝が誰かを頼りたくなる気持ちもわからないではない。

ただし近隣住民との軋轢《あつれき》の解消は、瑕疵《かし》借りの専門外だった。考えるだけでも頭が痛くなる。藤崎は腰を浮かせるとソファに移った。「これらの家具は？」

「ヤフオクで一円出品という物が、ほんとにたくさんあるんです。直接引き取りに来てくれれば一円で落札って」

「あー。軽トラを借りたのもそのため？」

「はい。行き先はいつもディスカウントショップか、ヤフオクの出品者の家でした。ほかに生活雑貨は百均や、アマゾンの通販で揃えました」

必要最小限の家具と家電しかないため、どの部屋もがらんとした印象がある。藤崎は問いかけた。「千葉アウトレットで買った箪笥は？」

「二階の和室です。見ますか？」

「ああ」藤崎は立ちあがると、ファイルから書類一式をとりだした。「図面と照らし合わせよう」

もとの間取り図は大判だったが、A4用紙に分割してコピーされている。それらをまとめて携えた。

秋枝も腰を浮かせた。するとモカが駆け寄ってきた。なぜかモカは鼻先で、秋枝の片足のくるぶしを、何度となく繰りかえし押した。

藤崎はきいた。「なにを要求してるんだろう」

「食事ですよ」秋枝は笑った。「こういうときには目を合わせて、背中を撫《な》でてやるんです」

モカは尻尾を振りだした。キッチンへ向かおうとする。まっててください、秋枝がそういって、モカに餌をやりに行った。やれやれと藤崎は頭を掻いた。賃借人は初日からひとりきりのはずが、もうひとりと一匹が一緒にいる。

戻ってきた秋枝とともに二階へ向かう。階段は吹き抜け状で、大きな家具を搬入する場合も、天井がつかえることはなさそうだ。

だが問題は重量だろう。藤崎は階段を上っていった。「夜中に買ってきた箪笥を、ひとりで二階へ運んだのか?」

「箪笥といっても小ぶりで、引き出しをぜんぶ抜いてしまえば、ひとりでも難しくありません。引き出しはあとでひとつかふたつずつ運びました」

「インターネットは？　光ケーブルを引ける環境が……」

「ありません。このへんの電柱には光が来てないんです。だからドコモのホームルーターを借りてます。家庭用ワイファイです」

二階のホール部分に洗面台があった。そのわきに室内犬用トイレが置かれている。きちんと清潔にしてあるようだ。においもほとんどしない。

洋室1に入った。ここは一階リビングの上にあたる部屋で、そのぶん広い。西側のドアは、平屋部分の屋根裏収納とつながっている。東側にはウォークインクローゼットのドアと、それよりは狭い収納の戸があった。南側は出窓とバルコニー。室内の家具は、これも小ぶりなライティングデスクと椅子、西の壁に背が高くスマートな書棚のみ。どちらもひとりで運びあげられそうだ。

部屋の隅に、高さ二十センチほどの四角柱の機器が据えてある。ドコモのホームルーターだった。藤崎はスマホの画面を見た。ワイファイ電波は充分な強さだった。

「秋枝さん。あとでパスワード教えてもらっても？」

「もちろん教えます。ネットは自由に使ってください」

和室2は六畳で、この家のなかでは狭い印象がある。簞笥《たんす》が目にとまった。たしかにひとりでもなんとか運びあげられるサイズだった。ここにも押し入れがある。なかにはわりと新しい布団がおさめられている。

最後に洋室2。さっきの和室2と同じぐらいの広さか。シングルベッドが据えてあった。秋枝がこの部屋で寝るのだろう。物入のなかには脚立がしまってあった。LED電球の箱も揃っている。天井の照明を交換するための脚立らしい。とにかく物が少ない。どこにも問題がないことは一見してわかる。

藤崎は二階ホールへ戻った。「人が塗りこまれてる壁はないね」

「当然ですよ」秋枝が苦い顔になった。「吉里さんもおかしいですよ。家のなかに母娘がいるといったり、僕が軽トラに積んで運びだしたといったり」

「夜中に軽トラででかけるのを、吉里さんが見た？」

「はい。千葉アウトレット船橋《ふなばし》店へ行き来するにあたり、昼間は296号線が混むので、深夜に軽トラをだすことにしました。この家の前から走りだそうとしたら、ヘッドライトの照射のなかに、吉里さんの全身が白く浮かびあがって」

「真っ暗な路地に立ってた？」

「立ち塞《ふさ》がっていました。僕はサイドウィンドウから顔をのぞかせ、会釈してみせたんですが、なぜか吉里さんがどかないんです。無言のまま虚《うつ》ろな目を向けてくるばかりで……。仕方なくハンドルを切って、徐行しながら避《よ》けていきました」

「吉里さんの反応は？」

「その場にたたずんだまま、黙って見送るだけです。サイドミラーに映る吉里さんは暗がりに立ち、ずっとこちらに視線を向けていました。僕は軽トラの速度をあげ遠ざかりましたが……。たしかに吉里さんに会ったにもかかわらず、あまりに異様だったので、いま経験したことが絵空事のように思えてきました。でも事実です」

「出発時に会ったのは吉里さんひとり？　ほかに目撃者はいない？」

「吉里さんをやりすごし、速度をあげようとした瞬間、ガラッとどこかの窓が開く音がしたんです。ほかの住人も軽トラのエンジン音をききつけて、外を見たらしくて」

「何時ごろ？」

「午前零時をまわってから出発するつもりだったので、それぐらいです」

「そんな夜中になんでみんな外を警戒してる？」

「あとできいた話では、この辺りのゴミ集積所にクルマで来て、不法投棄していく人がいたとか……。それで夜中にもエンジン音に敏感になってるそうです」

事情があるにしろ深夜だ。なんとも不気味な住人らの立ち振る舞いに思える。吉里は路上に現れた。新参者の秋枝について、動向を注視していたのだろうか。

藤崎は秋枝を見つめた。「簞笥を積んで戻ってきたときには？」

「それが誰もいませんでした。どの家も窓明かりが消えていて……。ところが翌日になって、朝早くからチャイムを鳴らされ、でてみたら吉里さんや近所の人たちが押しかけていました。ゆうべはなんだったのかときくんです。軽トラの荷台に、大人と子供が横たわっていたようだと」

「ほかに目撃者は？」

「湊《みなと》さんが見たといってました」

「どこの住人？」

「斜め向かいの高齢男性です。二階で寝ていたらエンジン音がしたので、窓から見下ろしたそうです。すると走っていく軽トラの荷台に、布でくるまれた大人と子供が……」

「吉里さんと湊さんの意見が一致したわけか」

「一致というより、吉里さんがさっきの調子で声高に叫んで、湊さんのほうは、そういえばそれらしきものを見た気がすると同調しだしたんです」

「窓がガラッと開いた音がしたというのは、その湊さんだったのかな」

「いえ。方向がちがいます。でも僕が軽トラを走らせていった方角の数軒でも、住人が同じ主張をしています」

「山へ捨てに行ったというのは？」

「見てのとおりこの辺りは平地ですが」秋枝は洋室1へ入っていき、南の窓を開けると、バルコニーにでた。「あっちに雑木林があるでしょう？」

藤崎もバルコニーにでてみた。家の密集地帯を除き、一帯は畑と雑木林ばかりだった。雑木林のうちひとつは、高く育った木々の数が多く、小山のように見えなくもない。ここから距離にして三百メートルぐらいか。藤崎はきいた。「あれを吉里さんは山だと？」

秋枝がうなずいた。「行けばわかりますが、なにもないところですよ。脇道を通りかかれば木立のなかを見通せますし、人を捨てるとか埋めるとか馬鹿げてます」

「箪笥の購入日は？」

「それも伝票が残ってますから、はっきりしてます」秋枝はバルコニーから室内へ戻ると、ライティングデスクの引き出しを開け、伝票をとりだした。「ここに載ってます」

千葉アウトレット船橋店の伝票。箪笥一点、購入日時は二月二十一日、午前一時三十六分とあった。藤崎はきいた。「近隣住民は秋枝さんの軽トラを見たのが、二月二十一日だと認識してる？」

「はい。吉里さんや湊さん、みなさんが認めてます」

「その二週間後、どっかの母娘がここを訪ねたとも主張してるんだよな？」

「ええ、二週間後の三月六日です。なのにそれ以前の軽トラの話とごっちゃにしてくるなんて、不条理もいいところですよ」

「母娘らしきふたり連れを、近隣住民はみんな目撃してる？」

「いいえ、そっちは吉里さんだけです。三月六日の午後、見知らぬふたりが、この家を訪ねたと……。母親は四十代で、娘は小学校高学年か中学一年ぐらい、よそ行きの服装だったそうです。しかも僕が鍵《かぎ》を開けて、家のなかに迎えいれたというんですよ。そんなことあるわけないのに」

「その母娘はクルマで来たのかな？」

「そこんとこの証言は曖昧《あいまい》です。吉里さんの口ぶりでは、ふたりが歩いてきたことになりますけど……」

この辺りは交通の便が悪い。藤崎はつぶやいた。「母娘が家に入ったまま、二度とでてこなかったというのが、吉里さんの言いぶんか」

「隣の家で家事をしながらも、窓の外を絶えず気にかけてて、ふたり連れがいつ帰るかと注意を向けていたというんです」

「一秒たりとも目を離さなかったわけじゃないだろうに」

「それでも音がすれば絶対にわかるはずだと……。でもふたり連れが家からでてこなかったから、壁に塗りこまれてるといってみたり、なぜか二週間前の軽トラの荷台に載っていたと主張してみたりで、一貫性がないんです」

「吉里さん以外の住民は、母娘らしきふたり連れを見てもいないのに、秋枝さんを責めてるわけか」

秋枝が弱りきった表情でうなずいた。「湊さんもほかのみなさんも、吉里さんを信じきってるようです。なんで目の敵《かたき》にされるのか……」

「実際に警察が調べに来たそうだけど」

「刑事さんのほか、制服の警察官が数人です。任意でなかを調べさせてほしいというので応じました。通報したのは吉里さんか近所の誰かでしょう」

「警察は家のなかをしっかり調べた？」

「はい。見てのとおり家具もごく少ないので、家の隅々まで見てまわるのに、さほど時間はかかりませんでした。外にでた刑事さんが近所の人たちに、なにもなかったと説明したんですが……。また吉里さんが例の調子で、納得できないと怒りだして、ほかのみなさんも同調して」

「理不尽だな。でも」藤崎は頭を掻《か》いた。「任意とはいえ警察が調べに来たのが気になる。通報を受けて、ただようすを見に来るだけなら、たいてい警察官ひとりだよ。刑事まで現れたってことは……」

「なんですか」

「本当に母娘のふたり連れがいて、この付近で失踪《しっそう》したとか、そういう背景があったうえで通報があった。そんな経緯でもないかぎり刑事は動かない」

秋枝が目を丸くした。「失踪は事実だったというんですか」

土橋も話していた。秋枝が夜中に軽トラをだした時点では、母娘は別の場所で健在だったと。察するに土橋は警察からも情報を得ていたのだろう。葉山も聞きこみにきた刑事から知らされたと考えられる。なぜか秋枝だけは知らないままか。藤崎はきいた。「その後、また警察は来た？」

「いいえ。いちども」

ならば特に知らせる必要もないと思ったのかもしれない。ここの近隣住民らの主張が、事実に反しているのは明白だからだ。吉里らがふたたび騒ぎ立てる事態を、刑事が嫌ったとも考えられる。

藤崎はため息まじりにいった。「葉山さんによれば、あなたは消防団への誘いに困って引っ越しをきめたとか」

　秋枝が首を横に振った。「物件を手放す理由をきかれたので、そう答えましたが、本当は藤崎さんもお察しのとおりです。ここはもう耐えられません。でもローンを組んでしまったので、売るにあたっては、できるだけ損害を減らしたくて」

「なるほど。よくわかった」藤崎はふたたび窓辺に寄った。家の前に停めてあるトヨタのパッソを見下ろす。「秋枝さん。帰るとき一緒に乗せてくれないか。レンタカーの営業所へ連れて行ってほしい。僕も足代わりを借りたいし」

「帰る？」秋枝は戸惑いのいろを浮かべた。「あのう。僕もこのまま一緒に住むつもりですけど」

「なに？」藤崎は思わず頓狂《とんきょう》な声をあげた。

「ここは僕の持ち家ですから……」

「いや、そりゃおかしい。瑕疵《かし》借りは代わりに住むのが仕事なんだよ。あなたが住みつづけたら意味がない」

「でもこれは特殊なケースですよね？　ちゃんと周辺住民に納得してもらい、問題なく家が売れるようにならないと」

「そのためにもあなたがいないほうがいい。なぜか住民は疑心暗鬼になってる。問題がこじれるどころか、あなたの身に危険が迫るかもしれない」

「かまいません。休職明けもリモートワークになるときいてます。身のまわりの世話は僕がしますから」

まるで下宿人だ。藤崎は拒絶した。「他人との同居には慣れてない。瑕疵借りはひとり暮らしが基本だよ」

「そこをなんとか」秋枝が懇願した。「このまま夜を迎えるなんて耐えられないんです」

「……どういう意味で?」

秋枝は神妙な面持ちで天井を指さした。「屋根裏に……。人が歩く気配がするんです」

沈黙が降りてきた。静寂が不安定な心のぐらつきを誘う。藤崎は頭上を仰ぎ見た。

「足音をきいた?」

「はい……。真夜中に」

「寝ぼけてた可能性は?」

「たしかにききました。しばらく歩きまわったかと思えば、急に静かになったりして」

「毎晩？」

「いえ。数日にわたりなんの音もしないことも。でも忘れかけたころにまた……」

微風にサッシ窓が振動し、かすかなノイズを生じる。物音はそれだけだった。

藤崎は間取り図のコピーに目を走らせた。屋根裏点検口。どこかにあったはずだ。

ふと妙なことに気づかされる。藤崎は図面を凝視した。「おかしいな」

「どうかしたんですか」秋枝がきいた。

パソコンソフトで製図してある。三十五年前といえば、ハウスメーカーが提供してくれる図面は、まず手描きだったはずだ。

スマホをとりだす。藤崎は葉山不動産に電話をかけた。呼びだし音が数回、葉山の声が応答した。はい葉山不動産です。

「藤崎ですが」

「あー、藤崎さん。さっきはどうも」

「この間取り図ですけど……。建った当時に引かれた図面じゃないですよね？」

「ええと……。ああ、そうだったかな。なら転売を繰りかえされるうち、どっかの不動産屋が測量して作ったんじゃないかと思うよ」

「すると原本は紛失したとか……？」

「たぶんね。検査済証もあるはずが、それも紛失してるんでね」

「売買に支障がありますね」

「いや。木造の耐用年数は二十二年だろう。築三十五年となれば、資産価値のない建物を残したままの土地、つまり古家付き土地として売却するのがふつうだよ。外観や内装がまだそれなりにきれいだから、中古住宅として売ってたにすぎない」

「なるほど。本質的に上物の責任は伴わないわけですか」

「そうとも。だから家の細かいところの不備は問えない。間取り図とか検査済証とかも、いまさら揃ってないことにケチをつけるのは、少々野暮だよ」

不動産屋がそれらを軽視するようでは困る。だがこの家はすなわち、そのレベルの物件でしかないのだろう。藤崎はあきらめ半分につぶやいた。「格安なのにはそれなりの理由がありますね」

「ああ、そういえば、さっき佐倉署の刑事さんと連絡がついたよ。川北《かわきた》って人だ。きょうなら署にいるそうでね」

「川北さんですね。わかりました。行ければ行ってみます。それでは」藤崎は電話を切った。

秋枝が不安顔でモカを抱きあげた。「刑事の川北さんなら、ここへも来ましたよ。

なんだか苦手です。最初から人を疑おうと心にきめているようで」

「それが刑事の仕事だよ。署へは僕ひとりで行ってくる。クルマのキーを貸してくれないか」

「置いてかないでください。ひとりじゃ心細いです」

「留守にしたら、そのあいだに近所の人たちが、また勝手な話をでっちあげる。あなたはここにいて、なにかあったらスマホカメラで動画を撮影しておくべきだよ。本当は防犯カメラもつけたほうがいい」

「暗くなる前に帰ってくださいね。ひとりのまま夜になったらと思うと、気が気じゃなくて」

　藤崎はため息とともに間取り図を眺めた。この部屋のウォークインクローゼットに、点検口が記載されている。ドアを開けてみた。さっきは見落としていたが、たしかに天井に正方形の点検口がある。

　いったん部屋をでて、洋室2へ行き、脚立を運んできた。洋室1のウォークインクローゼットに搬入し、点検口の真下に立てる。藤崎は脚立を上った。

　頭上に点検口が迫る。それを開けようとして、ふと手をとめた。藤崎は秋枝を見下ろした。「秋枝さんが先に確認する？」

「いいえ」秋枝は怖《お》じ気《け》づいたように後ずさった。「もし本当に誰かいたら……。僕にはとても開けられません」

やれやれと藤崎は思った。秋枝は素朴で純粋な一方、臆病者《おくびょうもの》でもある。かといって、身内の不幸がトラウマになっているのかもしれないし、無理強いはできない。

ゆっくりと点検口の蓋《ふた》を持ちあげ、上で横にずらす。藤崎は伸びあがり、屋根裏を確認した。

ぼんやりとほの暗い。剝《む》きだしの柱や梁《はり》が縦横に織りなす、どこか薄気味悪い空間がひろがる。急勾配《きゅうこうばい》の切妻屋根だけに、屋根裏の容積はかなり広大だった。ほとんど三階に等しい。いまの基準で考えれば、全体を屋根裏収納にしないともったいない、そう思えるほどの規模だった。

しかし異様な気配が漂っていた。ドーマーの隙間から差しこむ細い光線が、埃《ほこり》を白く浮かびあがらせる。見るかぎりでは誰もいないようだ。なのにこの緊張感はなんだろう。

梁には埃だけでなく砂が堆積《たいせき》している。長年のあいだに吹きこんできたにちがいない。古い蜘蛛《くも》の巣もそこかしこで微風になびいている。

そのとき藤崎はきいた。少女の呻《うめ》き声らしきものがかすかに響いた。

うう……う……。

はっと息を呑《の》んだ。暗がりに目を凝らすがよく見えない。藤崎はスマホの懐中電灯機能をオンにした。屋根裏をライトで照らす。柱や梁が長い影を落とし、明暗の落差が形成される。眺めはいっそう不気味になった。

下で秋枝がきいた。「だいじょうぶですか……？　藤崎さん」

いつしか自分の荒い呼吸が反復し耳に届いていた。スマホを持つてのひらにも汗が滲《にじ》んでくる。

このままようすをうかがっていても、これ以上はどうしようもない。藤崎は身を低くし、点検口の蓋をもとに戻した。慎重に脚立を下りる。

秋枝が心配そうにささやいた。「藤崎さん……」

「屋根裏を詳しく調べるには作業着とマスクが必要だ。買ってこないと」藤崎は脚立を下りきった。「佐倉署に行くついでに、ワークマンにでも寄ってくる」

脈拍の亢進《こうしん》を自覚する。藤崎はウォークインクローゼットをでた。まだ三月だというのに、額にうっすら汗をかいていた。

「あの」秋枝が追いかけてきた。「上になにが……？」

「人が出入りできるのなら、そこから陽射しが入りこむ。それほど大きな穴は見あたらなかった」

「だけど……。なにか妙なものでも見たんですか。なんだかようすがおかしいですよ」

見たのではない、きいた。ただちに屋根裏の奥深くへ潜りこみ、詳細をたしかめたい衝動に駆られる。けれども刑事からも情報を得たかった。母娘らしきふたり連れの素性は重要だった。

藤崎は階段を駆け下りた。少女の声。勘ちがいだろうか。風の音が偶然そんなふうにきこえた、いまはそう思うしかない。近隣住民の妄言に惑わされてはならない。

9

藤崎が玄関へ向かうと、秋枝があわてぎみに追いかけてきた。

「まってください」秋枝が呼びかけた。「レンタカーは僕ひとりが契約してます。ほかのドライバーが運転するなら、店にそのように伝えておかないと、万一の場合に補償が……」

そういうことは細部まで気がまわる男だった。藤崎は手を差し伸べた。「キーを」

秋枝が戸惑い顔のままキーを渡してきた。「あの……運転には充分に注意してください」

「わかってる。レンタカーの営業所にも寄るよ。またあとで」藤崎は靴を履くと、ドアを開け放った。空は曇りがちだが薄日が射している。ひとり外へでて、後ろ手に玄関ドアを閉めた。

家の前に停まったトヨタのパッソに歩み寄る。ふと気になり背後を見上げた。切妻屋根から空へと伸びる、フェイクの煙突がある。煉瓦《れんが》を模した外観、正方形の四角柱。いかにもサンタクロースが入りこみそうな煙突だった。

まさかサンタよろしく、煙突から人が出入りしたとか……。屋根裏を歩く足音をきいたという秋枝の証言は、まさにそんな想像につながる。だがありえない。煙突は飾りでしかなく、ただ屋根の上に打ち付けられている。

男性のしわがれた声を間近にきいた。「あの」

藤崎はそちらに視線を向けた。ロングコートに身を包んだ高齢男性が立っている。生え際が後退し、髪と眉《まゆ》のいろは灰をかぶったようだった。さっき近隣住民が遠巻きにこちらを眺めていたが、そのうちのひとりだとわかる。

「あんた」高齢男性がじっと見つめてくる。「ここに住むのか」

「はい。藤崎といいます。失礼ですが……」

「湊。そこの家だよ」

秋枝のいったとおり斜め向かいだ。さっきクルマで入ってきたのとは逆方向に位置する。藤崎の入居した家が洒落《しゃれ》ているのと対照的に、湊の家は没個性的だった。総二階で外壁はカーキいろ、庭に木が植えてある。

「僕になにか?」藤崎はたずねた。

「なにかって」湊の眉間《みけん》に縦皺《じわ》が刻まれた。「引っ越してきたのなら、これからよろしくお願いしますとか、ひとこと挨拶《あいさつ》があってもよさそうなもんだが」

「ああ。よろしくお願いします」

ぼそぼそと喋《しゃべ》るのは癖でもあったが、いまはわざと無愛想さを強調してみせた。端《はな》から攻撃的な近所の住人には、こうしたほうが本音に接しやすい。

湊はいっそうむっとした。「秋枝さんの友達かね」

単なる賃借人ということにしておきたい。藤崎は首を横に振った。「いいえ」

「一緒に住むのか」

「ひとり暮らしのつもりで引っ越してきました」

「あれはいま家にいるんだろう?」

「あれって？」

「秋枝さんだ」

「あー。彼とかあの人とかじゃなく、あれとおっしゃるから、物の話かと思いました」

じれったそうな面持ちながら、湊は非礼を責められていると悟ったらしい。多少は控えめな態度に転じた。咳《せき》ばらいをしたうえで湊がいった。「入居時の引き渡しに秋枝さんが立ち会ってるわけか。ちゃんときいたほうがいい。よその母と娘らしきふたりが、どこへ消えたかを」

「そのふたり連れを見ましたか」

「いや。でも吉里さんがそういっとる」

「吉里さんの発言が事実じゃないかも」

「そんなことはない」湊は激高せず、ただ澄まし顔になった。「吉里さんはこの辺りでいちばん早くから住んどる。ほかはあとから家が建った。自治会の枠組みとか、ゴミ捨て場の掃除当番とか、初期にいろいろきめたのは吉里さんだ」

「……で、逆らえないという話ですか」

「信頼できるって話だ」

「いま家のなかを隅々まで見ました。パネル工法ではそもそも壁のなかに人は隠せません。失礼します」藤崎はクルマの運転席に近づいた。

湊は譲らなかった。「ふたりは処分されたのかもしれん。外へ捨てに行ったんだろう」

「なぜそう思うんですか」

「夜中に軽トラがでていくのを見た。荷台にふたりの姿があった」

「人が荷台に？」

「大人と子供が布袋に詰められ、横たわっとるのが見えた」

「見えたとおっしゃると、どこからですか」

「そこからだ」湊は自分の家のほうに顎《あご》をしゃくった。「二階の窓から」

「真夜中にですか」

「吉里さんはここまで来てた。クルマのドアを開け閉めする音がしたし、エンジンがかかるのもきいたんでな」

「荷台は空っぽじゃなかったんですか」

「ふたりが寝てたといっとるだろ」湊は狭い生活道路の行く手を眺めた。「赤いテールランプが、あっちの雑木林のわきで停まるのも見た。埋めたのかもしれん」

「いつの話ですか」

「まだ寒かった。二月だ」

「母と娘らしきふたり連れが、この家に入っていったのは？」

「さあ。吉里さんからきいたのは、ひな祭りより何日かあとだったか」

秋枝が母娘らしきふたり連れを宅内に迎えたと、吉里から言いがかりをつけられたのは三月六日。その証言とも合致する。藤崎はしらけた気分になった。「母娘の失踪《しっそう》よりも前に雑木林へ運んでいって埋めたんですか」

「吉里さんが話してくれたのが三月というだけだ。もっと前に起きたことかもしれん」

「まさか去年の三月六日？」

「いや。そのころはまだ秋枝さんもおらんかった。彼が家を買ってから、まだほんの三か月ぐらいだ」

「なら矛盾してるでしょう」

「たしかにそうだ。だが気が動転しとったせいで、日付をまちがったんだろう」

「……なにをそんな動転することがあったんでしょうか」

「母と娘らしきふたりが、秋枝さんの家に消えたっきり、なんの音沙汰《おとさた》もなかったからだ。吉里さんは注意して観察し、ずっと耳を傾けとったが、ふたりは二度とでてこなかった。秋枝さんに問いただしても、知らぬ存ぜぬの一点張りだ」

「それがじつは三月六日じゃなかったって？　二月二十一日の午前零時すぎ、軽トラがでるよりも前のできごとだったんですか。いつ気が動転したんでしょうか」

「母と娘らしきふたり連れが、荷台に載せられとるのを見て、状況を思いだしたんだろう」

「当初は三月六日にふたり連れがこの家に入っていったと、吉里さんはうったえたんですよね？」

「だからそれは……」

「気が動転していた」藤崎はクルマのドアを開けた。「お話はよくわかりました」

運転席に乗りこみ、ドアを閉める寸前、湊の怒鳴り声が耳に届いた。「軽トラの荷台にふたり載せられとったのはたしかだ。ほかにも見た者がいるぞ！」

母娘とおぼしきふたり連れが、この家に入るのを見たのは、吉里ひとりだけだ。時期について言説が曖昧《あいまい》になったのは、刑事の指摘を受けて以降だろう。どうあっても、家のなかに消えたふたりが軽トラで運びだされ、雑木林に埋められたことにしたいようだ。

住人らに口裏を合わせるよう呼びかけたのも、吉里かもしれないが、自身の発言がぶれてしまい、壁のなかに塗りこんだともいいだしている。要は秋枝を吊《つ》るしあげたいか、もしくはここから追いだしたがっている。なぜだろう。なんらかの目的があるのか。

藤崎はトヨタパッソを走らせた。カーナビの地図には九戸の家が表示されている。住宅の密集地帯を抜けるとほっとした。さっさと売りたいという秋枝の気持ちもよくわかる。近隣住民のせいで買い手が現れないのなら、どうにかして状況を変えねばならない。しかし瑕疵《かし》借りが長く住んだとしても、時間で解決できる問題ではなさそうだ。吉里らの真意が知りたい。

くだんの雑木林に近づいた。藤崎はその傍らにクルマを停めた。

車内から眺めただけでも、死体遺棄には不都合すぎる場所だとわかる。木々の生い茂る間隔が極めて狭く、林のなかに分けいるのは難しい。根もびっしりと張っているだろう。容易に土を掘り起こせない。周りにしても地面は雑草だらけだ。どこかを掘ったらしばらくのあいだ、その部分だけ雑草がなくなってしまう。そんなところにわざわざ人を埋めようとするとは考えにくい。

住人のクルマがふだんから往来する道沿いのため、たとえ深夜でも、秘密の作業には向いていない。何者かが死体遺棄を画策した場合、なにもここで実行せずとも、もっと人目につかない場所が八街には無限にある。秋枝の軽トラがこの付近に停車したかどうかさえ怪しい。

むろん秋枝の口にしたすべてを、ただ無条件に鵜呑《うの》みにするつもりはなかった。藤崎はクルマを停めたまま、スマホで千葉アウトレット船橋店に電話をかけた。秋枝が箪笥《たんす》を購入した日付について、念のため確認しておく。伝票番号は頭にいれてあった。担当者名もおぼえている。

その名の従業員が幸いにも店にいた。電話を替わってもらうと、彼は軽トラに箪笥を積むのを手伝ったという。秋枝が予約してあった箪笥を引きとったのは深夜。二月二十一日、午前一時三十六分。伝票どおりだった。

藤崎はふたたびクルマを発進させた。田舎道を市街地方面へ向かう。行き先はレンタカーの営業所だった。

営業所に着くと、藤崎は従業員に対し、ドライバーがひとり増えると説明した。従業員は渋い顔で、ここまで来るあいだも運転してこられたんですよね、そういった。ただしそれ以上の追及はなかった。無事に契約内容を改定すると、藤崎はなにげなくたずねた。秋枝が借りてた軽トラは？

従業員が記録を調べてくれた。秋枝は二月二十三日まで軽トラを借り、その後はパッソに替えている。家具や家電があらかた揃ったからだろう。秋枝の説明は筋が通っている。あとは吉里ひとりが目撃したという、母娘らしきふたり連れの現れた時期だけだ。

佐倉署は隣の市内にある。佐倉市のみならず八街市など広域を管轄にしている。JR佐倉駅周辺は八街駅より栄えていた。幹線道路は城下町のせいか、さほど道幅が広くない。

署内で担当刑事の川北に会った。川北は四十過ぎの男性だった。藤崎を刑事部屋の隣のドアへいざなった。取調室を兼ねた小部屋だが、来訪者の相談を受けるのにも、ふつうに用いられる。藤崎は特に緊張しなかった。事務机ひとつを挟んで刑事と向き合った経験は、いちどや二度ではない。ましていまは自分になんの落ち度もない。

川北は携えてきたファイルを机の上に置いたものの、それを開こうともしなかった。

「八街市矢傳三の二の十七ね。そこにお住まいになると」

「はい」藤崎は小さく応じた。

「買ったんですか」

「買うことを前提に、まず借りています」

「ふうん。それでなにか……？」

「隣の吉里さんが、母と娘らしきふたり連れを見たと」

「ああ」川北がため息をついた。「その話ね」

「ほかにも近所の人たちが騒いでるので、なにがあったのか知りたくて」

「いまの家の持ち主からきいてない？」

「秋枝さんはほとほと弱りきってるようすなので」

「そうですか」川北は淡々といった。「じつはあるシングルマザーと娘が失踪しましてね。うちの管内に入ったのを最後に、足どりが途絶えていたんです。そこに通報があって、八街の民家に見知らぬ母娘らしきふたりが入ったまま、でてこないというので……。私が出向いたんです」

「たったそれだけの理由で、家のなかまで調べたんですか」

「ちょうど同じころ、母娘を送っていったタクシーが見つかったのでね。車内ドラレコの録画映像から、その母娘にまちがいないと判明して」

「タクシーは家の前まで行ったんですか」

「いや。脇道に入ってしばらく走り、宅地が見えてきたあたりで停まったと。そこでいいと乗客がいったので、降ろしたそうです。ふたりはそこから歩いたんでしょう」

いままで吉里の発言には、まるで信憑性《しんぴょうせい》がないように思えていた。けれどもにわかに状況が変わった。藤崎は川北を見つめた。「家のなかを調べたからには、つまり秋枝さんを疑ったわけですか」

「疑うというより、秋枝さんに宅内を見せてもらえないかときいたら、了承なさったのでね。令状をとるとか、そこまで大げさな話じゃなく、あくまで任意で調べたんです。でも誰かを迎えた痕跡《こんせき》はまるでなかったので、疑惑はすぐに晴れました」

「タクシーが母娘をあの辺りに送ったのなら……。どこか別の家にいるかもしれませんよね」

「ええ。だから近所の人たちにも協力を求めましたが、どこも家のなかは見せられないといってね」

「吉里さんや湊さんも？」

「そうです」

「怪しいじゃないですか」

「まあそうなんですが、通報があったのは秋枝さん宅に関することのみでね。吉里さん以外の住民は、そんな母娘のことは知らないというばかりで。私どもとしては引き揚げるしかなかったんです」

捜査に本腰をいれていないことがわかる。失踪《しっそう》した母娘が重要人物でないうえ、ほかの所轄から協力を求められただけ、そういう背景が見え隠れする。警察の対応はそんなものだろう。

藤崎はさらにきいた。「タクシーが母娘を送ったのはいつですか」

「三月六日です」

「吉里さんが母娘を目撃したのもその日ですか」

川北が苦笑に似た笑いを浮かべた。「当初はね。秋枝さんが軽トラで、夜中に不審な動きをとったとか、そんな話をいいだして……。ところがそっちは二月二十一日と判明してます。三月六日より二週間も前のできごとで」

「へえ」藤崎はあえて初耳のふりをした。「たしかですか」

「ええ、たしかですよ。秋枝さんはその後、レンタカーの軽トラを返却し、いっさい乗っていません。なにより二月二十一日には、問題の母娘が松戸《まつど》市内で健在だったことが、はっきりと裏づけられてるんです。それ以降、三月六日までの足どりも明白になってます。あちこちの街頭防犯カメラにも映ってたので」

吉里ら近隣住民はなぜか、二週間も前のできごとを持ちだしてまで、秋枝を一方的に責めている。実際に母娘があの付近でタクシーを降りた。それを踏まえると、疑うべきは近隣住民のほうではないか。

藤崎は居住まいを正した。「ほかの家を調べないんですか」

「そこはいろいろとね……。捜査の方針は、私の一存できまるものでもないですし」

「失踪した母娘というのは誰ですか？」

「……それもちょっと」

「よそが捜査してたんだから、行方不明者届がでてるとか、いちおうなにかしら理由があったでしょう。情報も公開してるんじゃないですか？　それが誰なのかぐらい教えてくれてもいいじゃないですか。僕はあの家に住むんですし、母娘を見かけたら連絡しますよ」

川北は沈黙した。だがさほど深刻な話でもないと納得したらしい。ファイルを大きく開くと、二枚の写真をとりだした。

一枚には四十代ぐらいの女性が映っていた。たぶん運転免許証か履歴書、マイナカードの写真を拡大したのだろう。巻き髪が肩にかかっている。化粧は控えめで地味な印象があった。服装もけっして派手ではない。

もう一枚は中一ぐらいの少女だった。女性の実娘であることは一見してわかる。目もとや顎《あご》のラインがそっくりだ。こちらは髪をショートボブにしていた。

川北が世間話のような口調でいった。「街頭防犯カメラの映像や、タクシーの車内ドラレコの映像もあります。観ますか」

「ええ……」

「じゃちょっとおまちください。ノートパソコン持ってきますから」川北が腰を浮かせながらいった。「映像でもその写真のとおり、母親の髪は長いままでね。秋枝さん宅に長い髪の毛一本でも落ちてたら、鑑識を呼んでより調べたりもしましたが、そんなものはいっさいなくて」

代わりに吉里やほかの住人の家を調べていれば見つかったかもしれない。藤崎は写真を眺めたままつぶやいた。「隣近所はあいかわらず秋枝さんを犯人扱いしてますよ」

「知ってます……。お気の毒ですが、あれはもう隣人トラブルみたいなもんでね。こっちからいくら説明しても、あの辺りのおじいさんおばあさんらは、どうにも聞く耳を持たなくて」

他人ごとのような口ぶりだ。藤崎は内心苛立《いらだ》ちを募らせた。「母娘の名前は？」

川北はためらう素振りをしめしたものの、ふたたび椅子に腰掛けると、半ば投げやりに書類をとりだした。「杉本美賀子《すぎもとみかこ》、四十一歳。東京都足立《あだち》区在住。隣の千葉県松戸市でパート従業員として勤めてる人です。娘は遙香《はるか》、十三歳」

書類は戸籍のコピーだった。川北が口にしたとおりの氏名が印刷されている。

だが藤崎は絶句せざるをえなかった。文面を凝視したまま、思わず凍りつく。予想もしない記述がそこにあった。

10

藤崎がクルマで秋枝の家に戻ったときには、もう日が暮れかけていた。途中コンビニに寄り、食べ物や飲み物を買ってきた。ふたりぶん購入するあたり、自分でもなにをやっているのだろうとあきれる。

ほかにも寄り道して買い物をしてきた。大きく膨らんだポリ袋を両手に提げ、藤崎はクルマを降りた。周りの家屋に窓明かりが灯《とも》っている。ときおり高齢者らの顔がのぞく。エンジン音をききつけ、ようすをうかがっているようだ。

なんとも奇妙な旧宅地分譲地だった。隣の吉里が姿を現す前に、藤崎は玄関へと急いだ。手早く鍵《かぎ》を開け、ドアの向こうに飛びこんだ。

まずモカが出迎えた。次いで、まるで主夫のようにエプロンを身につけた秋枝が、小走りに駆けだしてきた。「よかった、帰ってきてくれて。いまお好み焼きを作ろうかと」

「なに？」藤崎は顔をしかめてみせた。「料理なんてしなくていい。晩飯なら買ってきた」

「そうなんですか？　でも温かいものをと思って」

「ここはもう僕が借りた家だよ。僕の勝手にさせてくれ」藤崎は靴をぬぎ、フローリングにあがった。リビング裏の廊下を抜けつつ藤崎はきいた。「電子レンジはあったよな？」

「ええ。もちろん」

キッチンの調理台には、冷蔵庫から取りだしたとおぼしき食材が並んでいた。まだ本格的に料理を始めてはいない。幸いだと藤崎は思った。瑕疵《かし》借りが依頼人とふたり暮らしとは、まったく調子が狂う。

藤崎はキッチンの床にポリ袋ひとつを置いた。「すまないが飯の前にたしかめたいことがある」

「はい……。なんですか」

「食材はぜんぶ冷蔵庫へ戻しておいてくれないか」もうひとつのポリ袋を手に、藤崎は脱衣所に入ると、引き戸を閉めた。

ワークマンで買ってきた品々をとりだす。まずつなぎの作業着。服を脱ぎ着替える。軍手を嵌《は》めたうえ、長靴も履いた。スプレーの消毒液を全身に噴きかける。帽子もしっかりかぶる。懐中電灯を携え、ふたたび引き戸を開けた。

秋枝が面食らったようすできいた。「ど、どうかしたんですか？　その格好は？」

「説明はあとだ」藤崎はキッチンに立った。「間取り図をくれないか」

「あ、はい」秋枝がリビングに駆け戻り、間取り図のコピー一式を持ってきた。

藤崎はそれらを受けとった。〝外部仕上表〟と記された欄に目を走らせる。ベタ基礎との記載があった。

しゃがんでキッチンの床下収納の蓋《ふた》を開ける。アームと固定用軸の連結を外し、ロックプレートを解除する。蓋そのものを床から取り除いた。

収納庫は古びたプラスチック製だった。それを上方に引き抜く。すると床下があらわになった。五十センチほど下にコンクリート製の床版《スラブ》が見えている。モカが尻尾《しっぽ》を振りながらのぞきこんだ。

秋枝がわきにひざまずいた。「へえ……。こんなふうに床下収納が外れるんですか」

「床下点検口だよ」藤崎は懐中電灯で照らした。「まさか知らなかった？」

「屋根裏とか床下とか、不動産屋さんにチェックをまかせてたので……」

「葉山さんは内覧のとき、床下を見せなかったのか」

「いえ。そういえば床下がのぞけるとは説明がありました。葉山さんが外にでて電話をかけて、戻ってきたときに、床下を確認しましたかときいてきたんです。僕は曖昧《あいまい》に、はいと答えてしまいました」

「なんでたしかめなかった？　この家を買うつもりだったんだろ？」

「だって中古だし……。汚いものを見たら嫌じゃないですか」

やれやれと藤崎は思った。「見てのとおりそんなに汚くない。シロアリ対策を施すためにも知っといたほうがいい。これはベタ基礎」

「基礎……」

「地面にコンクリートの基礎を作って、その上に家を建てる。基礎は建物全体を支える重要な役割を担う」

「ああ。そういうものなんですね。お恥ずかしい話、新築もなにも検討したことがないので、さっぱり知識がなくて」

中古で買えばそんなものかもしれない。不動産屋の説明も聞き流すにとどまるのだろう。藤崎はいった。「築三十五年ってことは、阪神淡路《はんしんあわじ》大震災よりも前に建ってる。そのころはこういうベタ基礎じゃなく、布基礎が多かった。布基礎の場合、床下は剝《む》きだしの土だよ」

「じゃ収納庫を取っ払ったら、土がのぞくんですか」

「そう。布基礎は鉄筋コンクリートで高さ五十センチほどの壁を作るけど、底面は造らない。だから床下の地面全体は土のまま。工事が安く済むものの、耐震性がベタ基礎より劣るし、地面の湿気が床下に伝わりやすい」

「土が剝きだしならそうでしょうね……」

「でもこのベタ基礎は、床下のすべてを鉄筋コンクリートでがっちり固めてしまう。頑丈な床版の全面で家を支えてるから、地震にも湿気にも強い。むろん地面の土はいっさい見えない」

「ひび割れたりしないんですか」

「ベタ基礎の床版は、厚さが最低でも十五センチのコンクリートで、水平方向に無数の鉄筋が入ってる。床下をぶち抜くなんて無理だし、そんな痕《あと》があれば一目瞭然《いちもくりょうぜん》だよ」

　コンクリートが長い歳月を経ていることは、その白みぐあいでわかる。この家の建築工事以来、まったく手を加えた形跡がない。床版はきれいで亀裂《きれつ》ひとつなかった。

藤崎は点検口からするりと床下へ潜りこんだ。暗がりを照らす。ベタ基礎の内部は、いわば高さ約五十センチの迷路だ。一階の間取りにほぼ沿って、床下の基礎にも、コンクリート製の壁が設けてある。随所に幅六十センチの人通口があって、そこを抜けることにより、次の区画へと移動できる。シロアリ対策業者などは匍匐《ほふく》前進で最深部まで進んでいく。いま藤崎も同じことをする羽目になった。

床上から秋枝が戸惑いの声を響かせた。「藤崎さん。なんでまた急に床下点検なんか」

母娘がこの近くでタクシーを降りた、そういう事実があるからだ。ふたり連れの素性も驚くべきものだったが、まだ秋枝に告げる気にならない。ひとまず誰も信用しない。瑕疵借りの鉄則だった。

息苦しさを感じる狭さと暗さ。行く手の闇に吸いこまれそうな不気味さをおぼえる。動悸《どうき》が高まりだした。しかし臆《おく》してなどいられない。

腹這《はらば》いで少しずつ前進し、懐中電灯で周囲を照らしては、手もとの一階間取り図と比較する。絶えず位置の確認を怠らなかった。床下の狭い通路。ベタ基礎の床版も壁も、継ぎ目ひとつ見あたらず、変色した箇所もない。築三十五年という歳月が納得できるぐらいには、コンクリートの古さが見てとれるが、頑丈さに疑いの余地はなかった。分厚く内部に鉄骨がしっかりと通ったベタ基礎は、けっして部分的に壊されたり修復されたりしていない。

シロアリや虫の類《たぐ》いは目につかない。カビが生えていれば潜ったとたんににおうが、いまは無臭だった。結露も発生していない。湿気がちゃんとシャットアウトされている。ただし砂はかなり吹きこんできていた。古い建築のせいか通気パッキンでなく、布基礎の家のように小さな通風口がある。その鉄格子の隙間を、長年にわたり砂が抜けてきたらしい。こればかりはどうしようもない。

浴室の下には上下水道の配管が通っている。硬質塩化ビニルライニング鋼管だった。もう耐用年数を超えている。継ぎ目から錆《さび》や腐食が発生する可能性もあった。そうなると交換に大がかりな工事が必要になる。中古で買った秋枝は深く考えていないようだが、維持するためのランニングコストは馬鹿にならない。秋枝が早いうちに売る決心をしたのは正解かもしれない。問題は買い手がつかないことだ。

自分の息づかいだけが闇にこだまする。呼吸がやけにせわしいのを自覚した。緊張しすぎだ。壁を折れるたび、その先になにがまつのか、多少なりとも不安に駆られる。蜘蛛《くも》の糸が顔に触れるたび、びくっとせざるをえない。だがほどなく落ち着きを取り戻す。

リビングの下へと入った。広めの空間には木製の束柱《つかばしら》が等間隔に並ぶ。基礎の鉄筋コンクリート壁は下から住宅を支えるが、束柱はいわば上から伸びた脚だ。最近は鋼製やプラスチック製が多いが、古いこの家は当然のごとく木製だった。こちらはかなり傷んできている。

藤崎は寝返りを打ち、仰向《あおむ》けになった。床の裏側にまんべんなく貼り付けられた断熱材は、ただの発泡スチロールの板だった。やはりむかしの建築だけに、随所で雑に思えるところがある。

ただしここもベタ基礎については申しぶんない。ささいな欠けや割れも見あたらない。すなわち地面の土がのぞく箇所は、一ミリ四方たりとも存在しない。床版の全面が、厚み十五センチ以上の鉄筋コンクリートで覆われている。いわばこの床下は密室だった。床下から家の外へはでられない。

藤崎が這《は》いまわるのも、密室の隅々にまで問題がないことを把握しておきたいからだ。もし床下に人が潜んでいた場合、生死いずれの状態にせよ、かならずベタ基礎内のどこかに横たわっている。ほかに脱出経路はないからだ。

床下の迷路を這って進みながら、藤崎はコンクリートに修復痕がないかどうか、絶えず注視しつづけた。いちど穴を開けたのちそこを塞《ふさ》げば、痕跡《こんせき》ははっきりと見てとれる。その場所にかぎりコンクリートが新しくなるし、継ぎ目も残る。やはり怪しむべき点はなかった。どこもかしこも建った当時のままだ。

出発点の点検口から遠ざかり、かなり深くまで潜っていた。いま玄関ホールの下まで来た。ここは木製の上がり框《がまち》の内側だ。木製の壁の向こうは靴脱ぎ場になる。藤崎は這ったまま後退し、一階和室の下へと移動していった。

ここへ来るまで一階のＬＤＫや廊下、トイレの下もすべて這いまわった。脱衣所や階段の下も含め、隈《くま》なく徹底的に調べた。母娘が潜んでいたり死体が隠されていたりするようすは、まったく見受けられない。長年にわたり堆積《たいせき》した砂も、藤崎の前に床下を這った人間がいないことを物語る。

残すところ北西の端、すなわち和室１の押し入れの下だけになった。人通口を抜け、その狭い区画に入った。

押し入れの床と同じ面積の空間。やはりコンクリートには亀裂一本見あたらない。床下のベタ基礎内は完全密室だった。

いや……。懐中電灯で周りを照らすや、藤崎は異変に気づいた。

押し入れの床下部分、北東の隅。壁に妙なでっぱりができている。一辺約五十センチ

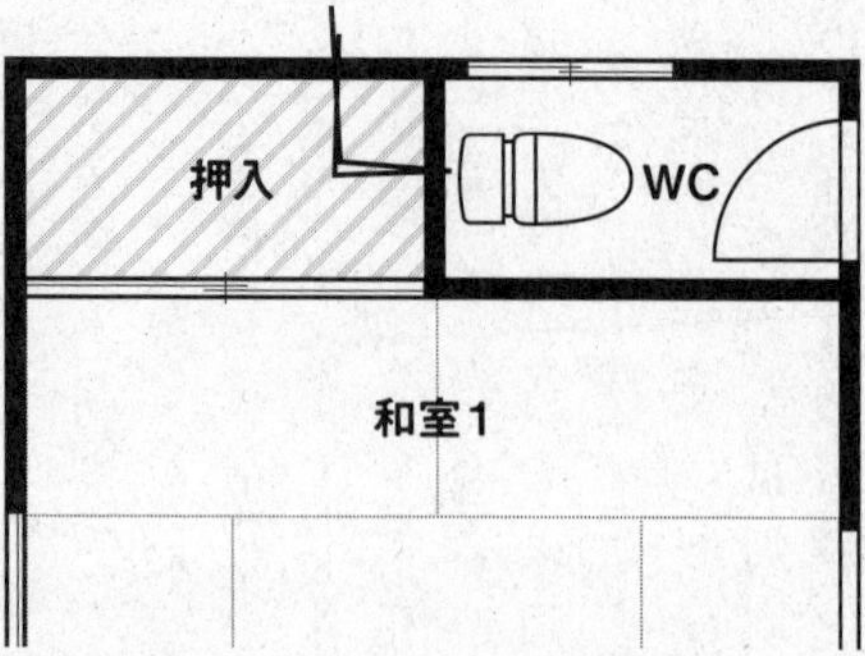

チの正方形にあたる空間が、壁に囲まれ入りこめない。

藤崎はボールペンをとりだした。間取り図の押し入れの隅に、床下の壁の位置を描きこむ。

ほかはすべて行き来できる。だがここだけは内部をたしかめる手段がない。

手を伸ばしコンクリート壁の表面を撫《な》でた。ほかの壁と同じぐらい古くなっている。家を建てる前に、ベタ基礎を形成するにあたり、この壁もふつうに造られたようだ。頑丈さも変わらなかった。いったいなんのための壁だろう。

押し入れの隣にあるトイレの配管は、謎の壁のなかを通ることなく、この床下を西へ抜けている。壁の存在理由がまったくわからない。

藤崎は急ぎ床下を這って戻った。来た道筋を引きかえす。あとはすべて確認できた。それゆえ一か所だけ残して放置はできない。しかもあんな壁が存在する理由を知りたい。

息を切らしながら匍匐前進をつづけ、ようやくキッチンの下まで帰ってきた。点検口から家のなかへ戻る。ようやく立ちあがれた。

キッチンで秋枝が不安げにきいた。「なにかありましたか」

間取り図の描きこんだ部分を秋枝に見せる。藤崎は点検口に収納庫をおさめ、蓋《ふた》を閉じた。「そこだけ鉄筋コンクリートの壁が不自然に囲んでて入れない」

「……押し入れの下ですか。しかもこんな隅っこに」

「ああ。どうなってるのか上から見てみる」藤崎は長靴を脱ぐと歩きだした。

キッチンから廊下へでて、玄関ホール方面へと向かい、和室1に入る。秋枝も間取り図を手に追いかけてきた。モカも尻尾《しっぽ》を振りながらついてくる。

和室は消灯していた。壁のスイッチを操作したが、蛍光灯が点《つ》くまで長い時間を要した。まだLED化されていなかった。点いてからもさほど明るくならず、さかんに明滅を繰りかえす。数秒間隔でぼうっと濃淡を変える和室内が、なんともいえず薄気味悪く思える。

藤崎は押し入れの襖《ふすま》を開け放った。仏壇が目に飛びこんでくる。押し入れ内部の床にはベニヤ板が張ってあるが、北東の隅は仏壇に隠れてしまっていた。

奇妙な感覚にとらわれる。藤崎はつぶやいた。「におわないな」

秋枝が眉《まゆ》をひそめた。「なんですって？」

「線香のにおいだよ。はっきり漂ってた」

「まさか……。ここには何度も入りましたけど、そんなにおいはしませんよ」

「でもたしかに昼間は……」

口をつぐまざるをえない。不動産屋の葉山も、なにもにおわないといった。線香のにおいを嗅《か》いだのは藤崎ひとりだけになる。

「……藤崎さん」秋枝が見つめてきた。「だいじょうぶですか」

「いや……。なんでもない」藤崎は秋枝に提言した。「仏壇をずらそう」

襖を二枚とも、いったん外してわきにどける。ふたりがかりで仏壇を持ちあげ、そっと畳の上へと運びだそうとした。

ずいぶん重い。壁をこすったり揺れたりするたび、異様な音が生じる。仏壇の構造や材質に、あまり馴染《なじ》みがないせいか、耳慣れない音が連続する。甲高いノイズが人

ないからだ。

しなかった。

の短い唸《うな》り声にきこえたりもする。秋枝がそのたび凍りつく反応をしめす。藤崎は苛《いら》立《だ》ちをおぼえた。秋枝を軽蔑《けいべつ》しているわけではない。藤崎も恐怖を感じないわけではないからだ。

仏壇を下ろそうとしたとき、金属音がいきなり鳴り、秋枝はあわてたように手を離した。落下した仏壇の底が畳に叩《たた》きつけられた。床に振動が生じたが、仏壇が壊れはしなかった。

秋枝が緊張の面持ちでささやいた。「すみません……」

「なかで鈴《リン》がなにかにぶつかったんだよ。そう怖がるな」

そんなふうに応じたものの、藤崎もひそかに動揺していた。なぜか寒気に鳥肌が立ってくる。この家にはどことなく不穏なものが感じられてならない。

いまの衝撃で仏壇の正面、大戸が開いてしまった。それを閉じようとしたとき、内部に白い痕《あと》を見てとった。拭《ふ》き掃除をしたときについたのだろう。いずれ徹底的に埃《ほこり》をとる必要がある。

「さて」藤崎は押し入れに向き直った。「約五十センチ四方の未確認の基礎部分。その上はどうなってるのか……」

押し入れのなかを懐中電灯で照らした。すると北東の隅には、ちょうど五十センチほどの正方形に、奇妙な凹《へこ》みができていた。

　こういう凹みはほかの古民家で見覚えがあった。藤崎はつぶやいた。「ああ……。金庫があったんだ」

「金庫ですか?」秋枝が目を丸くした。

「そう。家を建てる前から、ここに金庫を置くときめてあったんだろうな。木材による床下補強だけじゃ不安だから、基礎の壁を立ちあげておいたのか」

「なら金庫の真下にあたる正方形の部分は、丸ごとコンクリートの塊ですか。空洞じゃないんでしょうか」

「いや。この凹みを見ればわかるように、金庫といえど家具に似て、底面全体じゃなく縁だけで自重を支えてる。補強はそこだけでいいはずだ。いまも重い仏壇の支えになってたんだな。底面は一致しないけど、それなりにね」懐中電灯で押し入れのなかを照らすうち、ふと気づくものがあった。「押し入れのなかの床、ちょっと浮いてるな」

「なぜですか」

「床下に補強はあるけど、床板や根太《ねだ》や大引きといった木造部分が、数センチぐらい潰《つぶ》れたせいかもな。積年の金庫の重みに耐えきれずに」

「最初に家を建てた人が、かなり長いこと金庫を置いてたわけですか」

「金庫の中身もかなり重かったのかもしれない……。押し入れの内壁と、床のベニヤ板の接面が剝《は》がれちまってる。この床、もっと浮かせられるかもしれない」

藤崎は玄関ホールへ向かい、いったん靴を履き外へでた。クルマに積みっぱなしにしておいたバールをとってくる。これもワークマンで買った。正直なところ、のっぴきならないことでも起きたときの非常用だったが、こんなに早く役立つとは思わなかった。

和室に戻ると、四つん這《ば》いで押し入れの奥へ潜りこみ、北東の隅にバールをあてがった。てこの力でベニヤ板を浮きあがらせてみる。するとベニヤ板はすんなりと持ちあがり、その下に木製の床板があらわになった。これも金庫の重みのせいで、縁の接着が剝がれて久しいようだ。バールを隙間に挿しこみ、軽く力を加えただけで、床板全体が浮いた。

根太や大引きといった、水平方向に走る木材の下に、基礎のコンクリート壁がわずかにのぞいた。未確認だった約五十センチ四方の内部空間が見える。一瞥《いちべつ》しただけでも空っぽで、底面もコンクリートで固められているのがわかった。

接着が剝がれた部分以外までダメージをあたえたくない。現状も早急に修理が必要になる。藤崎はバールを抜き、床板とベニヤ板を元へ戻すと、上から体重を乗せ圧迫した。「床下は問題ない。すべてがベタ基礎、厚さ十五センチ以上の鉄筋コンクリートの床版に守られた密室だよ。そこになにもなかった。わかったのは最初の住人が金庫を大事にしてたってことだけだ」

「あの……」秋枝が困惑をしめした。「晩ご飯を差し置いて、急いで床下をたしかめたのは……。なにか理由があるんですか」

藤崎は押し入れから這いだし、畳の上で立ちあがった。「三月六日の午後二時すぎ。ある母と娘がタクシーでこの付近まで来た。少し前に失踪《しっそう》して、親戚《しんせき》から行方不明者届がだされてた」

秋枝は愕然《がくぜん》とした。「ほ、ほんとに⁉　ふたり連れは実在したんですか」

「そう。ここから少し離れた場所でタクシーを降り、あとは歩いたとか。……秋枝さん。そのときあなたはどこにいた？」

「はっきりおぼえてます。近所の人たちからさんざん問い詰められたし、刑事さんにもきかれたので……。ちょうどパッソにガソリンをいれて、ウエルシアで買い物をして帰ってくるまでのあいだでした。なのに吉里さんは僕が家にいて、ふたり連れを迎えたといいだしたんです。クルマが前になかったことは、見ればわかるはずなのに」

「それらのレシートとか、保管してありますか」

「いえ……。刑事さんにはガソリンスタンドとウエルシアに確認してくれるようお願いしました。その後なにもいってこないので、ちゃんとたしかめてくれたんだろうと」

「そこまではしていないっぽいですよ。この家のなかになんの痕跡《こんせき》もなかった時点で、あなたへの疑いは晴れたようです」

「僕は……疑われてたんですか？」

藤崎は秋枝をじっと見つめた。「タクシーで近くまで来た母娘は、シングルマザーの杉本美賀子さんと、娘の遙香さんです。旧姓は小幡」

「小幡さん……？」秋枝は目を瞠《みは》った。「まさか……」

「そのとおり。小幡哲さんの別れた妻子」

「な」秋枝はうわずった声を響かせた。「なんですって⁉　なにかのまちがいでしょう」

「いいや。戸籍にちゃんと載ってた」

杉本美賀子の離婚歴について、川北刑事が詳細に説明してくれた。別れた夫の小幡哲氏は、神奈川県川崎《かわさき》市在住でしたが、先ごろ亡くなりました。獣医になる夢が破れたのち、職を転々としながらも家族を支えようとしたものの、収入が安定せず、離婚したほうが妻子のためになると判断したようです。川北はそういった。

秋枝は激しくうろたえた。「そんな馬鹿な。ここにいったいなんの用があったっていうんですか」

「それがわからない。離婚から十一年経ってる。養育費の支払いは美賀子さんが求めなかったので、長いこと哲さんとの接点はまったくなかった。娘の遙香さんはまだ二歳で、父親の面影すら知らずに育ってる。秋枝さん、あなたとの接点もない」

「当然ですよ」秋枝が取り乱しぎみにいった。「僕は亡くした妻や息子の友達まで知ってます。わりと家族ぐるみでのつきあいも大事にするほうでしたから……。でも美賀子さんとか遙香さんという名は、きいたおぼえがありません」

「わかってる。佐倉署の川北刑事ですら、あなたがモカがらみで小幡哲さんを知ったこと自体、まったく聞き及んでいなかった。完全に赤の他人だよ。なのに小幡哲さんの別れた妻子が、この近くでタクシーを降りたのを最後に、完全に行方が途絶えてる。隣の吉里さんは、あなたが家のなかに迎えたといってる」

「嘘ですよ！」秋枝は涙ぐみだした。「なんだか思考が追いつきません。あまりに途方もない話で……。でもこれだけは誓っていえます。小幡哲さんはモカの命を救ってくれた恩人です。とはいえ元ご家族なんて存じあげないですし、どなたも迎えいれてませんん！」

「そう信じたいところだけども……」

「疑ってるんですか？　とんでもない。これはいったい……。なにがどうなってるか、まるでわかりません。僕は無関係です」

「小幡哲さんといちおう接点のあったあなたが、この家に住んでる」

「だ、だけど……。別れた奥様や娘さんすら、哲さんと十一年間も疎遠だったんでしょう？　僕の交友記録や職場の人間関係も、調べてもらえばわかります。つながりなんかあるわけないです！」

藤崎は黙るしかなかった。秋枝の主張は正しい。小幡哲に関しても、秋枝はモカを通じ、偶然その存在を認識したにすぎない。しかもそのころには、小幡哲はすでに亡くなっていた。空き巣と鉢合わせして、不幸にも死に至った経緯にも、秋枝が絡めたはずがない。

まったく不可解だ。それでも小幡哲という共通項が浮かびあがった以上、偶然では済ませられない。藤崎はささやいた。「すまないけど……。今後は家にいてくれないか。あなたの外出には僕の了承が必要になる。いいね」

「……もともと家に引き籠《こ》もってましたし、藤崎さんがそういうのなら。でも疑われてるんだとしたら心外です」秋枝の顔面が紅潮しだした。「誰とも会わずに過ごすために中古住宅を買ったのに、見知らぬ客を迎えるなんて……」

藤崎は秋枝を手で制した。「落ち着いて。瑕疵《かし》借りは本来、問題のある物件にひとりで暮らす。心を許す相手なんかいない。あなたに対しても」

秋枝が言葉を呑《の》みこんだ。哀感がのぞく真顔で秋枝が見かえした。「藤崎さんは情に厚い人だと思ってます。きっと真実をあきらかにしてくれると信じます……」

沈黙が生じた。目を合わせているのが辛《つら》くなる。もともと家族を失った秋枝に、それ以上の苦しみを味わってほしくない。けれども偶然がすぎる。尋常でないほど過剰だった。秋枝を疑惑から除外するわけにはいかない。ただしそこにどんな事情や背景が想像できるだろう。皆目見当がつかない。ありえないとしかいいようがないのだが……。

慎重に言葉を選びながら藤崎はいった。「とにかくいまは冷静に検証していくしか……」

ふいに物音を頭上にきいた。どすんと振動を伴った。それが二度三度と繰りかえされる。

足音。それもかなり荒々しい。巨漢が駆けまわっているように思える。モカが吠《ほ》えだした。警戒するように天井を仰ぎ見ている。なおも足音らしきノイズが響きつづける。歩調がさらに速くなった。

秋枝が怯《おび》えきった顔になった。「来た……」

当初は二階からの足音に思えた。ところが藤崎たちのいる和室の上に移ってきた。ここは平屋部分だ。二階などありはしない。

正体を突きとめてやる。藤崎は和室から飛びだした。階段を駆け上っていく。秋枝があたふたと後につづく。

巨漢の足音はまた二階建てのほうへ戻ってきた。藤崎が二階ホールに着いても、さらに頭上から響いてくる。すなわち屋根裏にいる。

「ほら！」秋枝が血相を変えた。「誰かいるんですよ。まちがいない」

「しっ」藤崎は静寂をうながした。

左右の足音らしきものが交互に響く。だが同時にガリガリと材木を引っ掻《か》くようなノイズもきこえる。ときおり静止しては、耳障りな引っ掻き音だけがこだまし、また別方向へと駆けていくのがわかる。

藤崎はため息をついた。「でかいネズミかハクビシンだ」

秋枝が面食らったように見つめてきた。「ま、まさか。どれだけでかいんですか」

「ちがう。二匹いるんだよ。一緒に暴れて駆けまわってるから、柱にぶつかるたび左右の足音にきこえる。この音と振動から思い浮かぶほどの巨体じゃない。あくまで二匹ってだけだ」

「それにしても……。買う前に不動産屋さんが点検してくれたんですよ。そんな大きなネズミなりハクビシンが入りこめる場所なんてありますか？」

「ネズミはごく小さな穴もすり抜けて侵入するけど、たしかにこの音から想像するに、小動物のなかではかなりでかいサイズだ。それほどの穴が屋根のどこかに開いてれば、雨漏りの染みが天井にひろがってる。昼間見たときにも屋根裏は乾いてた」

「おかしいですよ。……ひょっとして小さなところに潜りこんで、大きく成長したとか？」

「いや。ネズミは餌がなきゃ二日で死ぬ。外で捕食してから、夜には寒さをしのぐために帰ってくる。どこかに出入り口がある」

突然静かになった。足音らしき響きがやんだ。引っ掻き音も途絶えた。秋枝が固唾《かたず》を呑み天井を仰いでいる。藤崎も耳を澄ました。無音状態が長くつづく。もうなにもきこえない。

秋枝が怖々と洋室1のドアへ向かいだした。「点検口から上を見ましょう」

「まった」藤崎は秋枝を引き留めた。「明るくなってからたしかめたほうがいい。穴があれば陽射しでわかる。僕が明日、屋根裏に上がってたしかめるよ」

「だ、だけど……。いま小動物二匹が上にいるんでしょう?」

「音がしない。でていったか眠っているかだ。寝床はどこか隅の発見されにくい場所だろう。とにかく明朝までまとう」

「……今夜はこれからどうすればいいんですか」

「僕は風呂《ふろ》に入って着替える。それから飯だ。そんなに怖がらなくていい。ここはもう僕の家で、あなたは来客なんだから」

秋枝は浮かない顔でうつむいた。ゆっくりと階段を下りながら、秋枝が憂鬱《ゆううつ》そうにつぶやいた。「小幡さんの元妻子がこの近くに……。いったいなんで……?」

しばらくのあいだ藤崎は二階ホールにとどまり、天井に聞き耳を立てていた。だが不審な音の再開はなかった。

深くため息をつき、藤崎も階段を下りだした。この家は謎めいている。取り巻く状況も理解しがたい。近隣住民は異常だ。呪いや霊の類《たぐ》いでなくとも、静かに忍び寄るような恐怖を感じる。こんなことは初めてだった。

11

藤崎はフトンもない二階の和室でごろ寝した。そのままひと晩を過ごすことになった。秋枝が洋室2のベッドを使うよう勧めてきたが、きっぱりと断った。そちらは家主の寝室だ、秋枝が寝ればいい。いま家を借りているのは藤崎だが、好き勝手したいとは思わない。

ひとり和室で仰向《あおむ》けになり目を閉じる。うとうとしかけては、かすかな物音にも意識が戻る。木造家屋に特有の家鳴りがきこえる。ほとんどひっきりなしに鳴りつづける。湿度の変化により、木材が水分を吸収し膨張したり、放出とともに収縮したりする。そのたび建材の継ぎ目が音を立てる。ときおりなにかが割れたかと思うぐらい、大きなノイズが奏でられる。静寂のなかではよけいに気になる。むかしの人がこれを霊のしわざと考えたのも、あながちわからないでもない。

ただし足音らしきものは耳に届かない。大きめのネズミかハクビシンが駆けまわることはなかった。驚くには値しない。屋根裏に出入りする小動物について、ひと晩にいちどだけ騒々しい時間帯を迎えるのは、よくあるケースに数えられる。

これまで瑕疵借りとして住んだ戸建てとそう変わらない。にもかかわらず不安感を掻き立てられる。理由はどこにあるのだろう。深く考えるまでもない。小幡哲の元妻子が近くまで来た。それっきり消息を絶った。秋枝を信じていいのか。隠しごとをしているようには思えない。だがあのすなおさを担保に、すべての発言を鵜呑《うの》みにするのは、どうも危うくないか。

あるいはそんな不審を植えつけることが、誰か第三者の目的だったとしたら。吉里ら近所の住人が真実を隠しているのか。この家を含め九戸の住宅が密集する旧分譲地。まだ住人のごく一部しか把握できていない。秋枝に疑いを持つのは早計にも思えてくる。

仰向けに横たわるうち、ふいに畳がどろりと液状化したように感じられた。藤崎は息を呑《の》んだ。まるで泥の海に投げこまれたようだ。あわてて両手両足をばたつかせようとする。だが金縛りに遭ったかのように全身が動かない。顔が濁った水面下に沈んでいく。呼吸がままならなくなった。甲高い犬の鳴き声がする。モカも近くで溺《おぼ》れているようだ。天井がどんどん遠ざかる。もがけばもがくほど泥水のなかに没する。

女のささやくような声をきいた。四十代の女。警察で観せてもらったタクシーの車内ドラレコが想起される。母娘が会話する音声も残っていた。それと同じ声だとわかる。杉本美賀子の声だ。次いで少女の苦しげな呻《うめ》き声が耳に届いた。遙香の声に思える。

いきなり腐敗した顔面が目の前に飛びこんできた。皮膚が爛《ただ》れ、いたるところに骨が露出する、朽ち果てつつある恐ろしい女の顔。眼球が剝《む》きだしになり、いまにも落下してきそうだ。モカがさかんに吠えた。藤崎は思わず叫び声をあげた。

金縛りから解き放たれるように跳ね起きる。窓から射しこむ陽光が畳に落ちていた。二階の和室。なんの異常もない。一睡もせずに朝を迎えるかと思いきや、夜明け前にはさすがに、いつしか浅い眠りについていたようだ。

モカの鳴き声だけはさかんにこだましつづける。ドア越しに秋枝の声がきこえた。「わかった、わかったよ、モカ。朝飯の時間だよな」

ため息が漏れる。藤崎は頭を掻きむしった。寒い朝だというのに汗が滲《にじ》んでいる。嫌な夢を見た。ゆっくりと立ちあがる。身体が妙に重かった。

窓から空を見あげると曇っていた。時間は無駄にできない。この部屋へ持ちこんでおいた作業着に着替え、帽子をかぶる。また全身に消毒液をスプレーする。懐中電灯を手に二階廊下へでた。

秋枝と鉢合わせした。「あ、おはようございます。藤崎さん。朝食は?」

モカが鼻で秋枝のくるぶしを押している。いつもどおりの食事の要求だ。藤崎はいった。「飯ならモカに食わせてやってくれ。屋根裏を調べてみる」

「こんな朝早くからですか？」

「必要ないってんならやめとくけど」

「いいえ。それはもう……」秋枝が小走りに駆け寄ってきた。「なにか手伝えることは？」

「スマホで通話しながら探索しよう。家のなかに異変が起きたら、すぐ教えてほしい」

「異変って」秋枝は慄然《りつぜん》とした面持ちになった。「なんですか」

「さあ。いまはまだわからないことだらけだ。俺が助けを求めたら、ちゃんと手を打ってくれよ」

「手を打つって……。１１０番通報とか？　救急車のほうがいいんでしょうか」

変に生真面目な秋枝との会話は、いつもどこか噛《か》み合わない。それでも秋枝はスマホを持ってきた。藤崎から秋枝に電話をかけ、通話状態のままにしておく。ふたりで洋室１へ入った。ウォークインクローゼットのなかに、きのうから脚立が置きっぱなしになっている。

藤崎は図面の束を携え、脚立を上った。頭上の点検口の蓋《ふた》をずらす。きのうはのぞくにとどまったが、作業着を身につけたけさは、躊躇《ちゅうちょ》なく屋根裏にあがった。

埃《ほこり》っぽい暗がりに目を凝らす。急勾配《きゅうこうばい》の切妻屋根の内部、三角形のかなり広めの空間だった。角材が縦横に組まれ、骨格を形成している。

天井裏には断熱材が敷き詰められていた。床下の断熱材はただの発泡スチロール板だったが、天井裏には米袋のような物がびっしり並べてある。グラスウール、すなわちガラス繊維でできた断熱材が、袋に詰められている。三十五年前に建った家ゆえ、厚みの足りない断熱材だった。古い家は夏が暑く、冬は寒かったりするが、たいてい断熱不足が原因だ。

断熱材の下は天井板のため、そこを踏むわけにはいかない。水平方向に走る梁《はり》は、その真下が二階の壁になっている。上からの重さにも耐えられるようにできている。平均台のように幅の狭い梁の上を、藤崎は這《は》いながら進んでいった。

作業着の胸ポケットにいれたスマホは、ハンズフリーのスピーカーモードにしてある。秋枝の声が問いかけてきた。「藤崎さん、どうですか。ネズミかハクビシンは？」

「巣があれば鳴き声がきこえたりするが、いまのところは無音だな。断熱材が荒らされてもいない。ネズミは袋を食いちぎって、中身を巣作りに利用したりするけど」

「小動物はいなかったんでしょうか」

「そんなはずはないよ」藤崎は梁の上をゆっくりと西へ進んでいった。昨夜は西の平屋部分で、和室の上に音をきいた。そちらをたしかめる必要がある。

屋根に穴が開いていれば、陽射しが光線となり、暗がりのなかに注いでくる。ドーマーに隙間があるものの、ネズミが入れるほどには思えない。それ以外は真っ暗だ。きのう潜った床下の狭さも圧迫感があったが、妙に広い屋根裏には別の不気味さが漂う。ここならふつうに人が住みつきそうだ。

とはいえ出入り口はない。数メートル先に平屋部分との連結箇所が見えてきた。煙突は壁の向こうに立っている。だが屋根裏ダクトはありそうにない。やはりダミーの飾りにすぎなかった。煙突の侵入口はない。

藤崎は動きをとめた。右側がなぜか少しばかり明るい。方角は北。そちらに穴や隙間が認められるわけではない。それでもどこからか光が漏れてきている。

懐中電灯をそちらへ向けてみた。カビの黒ずみは見てとれない。雨水が染みていれば、建材が湿気に腐る。けれども屋根裏は乾いていた。だとすればこの光はどこから……。

「秋枝さん」藤崎は呼びかけた。

スマホから秋枝の声が応答した。「なんですか」

「いまから天井を叩《たた》く。どの辺りか教えてほしい」藤崎は梁の北側に手を伸ばした。

断熱材の袋をわずかに押しのけ、天井裏をじかにノックする。

「あ、はい」秋枝がスマホを持ったまま移動する気配があった。「いま二階の洋室1から廊下にでましたけど……。ええと。ここの真上からきこえます」

「そこから北にはなにがある?」

「トイレのドアです」

すると光は二階のトイレの奥、北側の壁あたりから漏れてきている。

藤崎は間取り図を懐中電灯で照らした。二階のトイレ。屋根裏につながるなんらかの設備はない。換気扇はトイレから横方向に取り付けてあるだけで、天井は関係ない。

二階のトイレの真下を、一階の間取り図で確認する。そこは脱衣所の洗面台だった。その北側の外壁には四角い出っ張りがある。二階のトイレから垂直に下りる配管を隠すカバーだろう。

「ああ……」藤崎は思わずつぶやいた。その箇所に丸をつけておく。

秋枝の声が問いかけてきた。「なにかあったんですか」

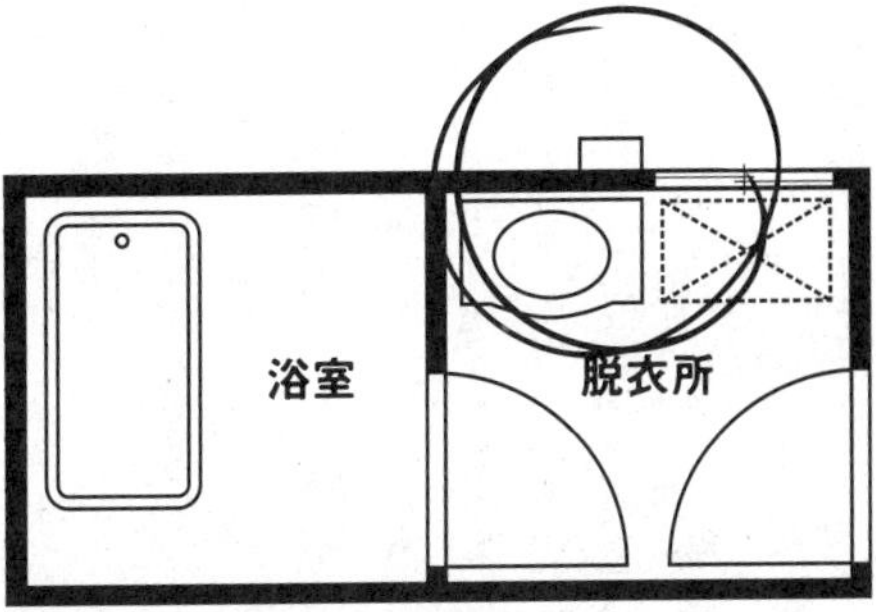

「あとで説明する」藤崎はふたたび動きだした。梁の上を這いながら前進していく。

部屋のように広い屋根裏の暗がりは、柱の陰から突然、誰かが姿を現しそうな予感がしてくる。不安に駆られるうち、きょうもまた息が乱れつつある。藤崎は深呼吸した。落ち着くべきだ。自分がこんなに怖がりだったとは驚かされる。ここに人が潜むはずはない。昨夜の音は小動物だ。人の足音ではない。

平屋部分の手前まで来た。目の前は壁になっている。藤崎は腹這《はらば》いのまま困惑した。「やばいな」

秋枝の声が心配そうにきいた。「どうかしたんですか」

「平屋のほうの屋根裏に移りたいんだけど、壁が塞《ふさ》いでる」

「行けないんですか」

「いちおう下のほうに、幅四十センチ、高さ二十センチていどの穴は開いてる……。でも人通口と呼べるようなサイズじゃないな」

「無理しないで戻ってきてくださいよ」

「いや……。やるだけやってみる」

藤崎は開口部のなかに頭を突っこんでみた。顔を横に向ければ、なんとか首までは入った。肩幅はもうぎりぎりだった。無理にねじこんで壁を壊したくない。息を吐ききり、腹を凹《へこ》ませてから、腕の力で前へ進んだ。腰のあたりがつかえそうになる。それでもなんとか切り抜けた。

平屋部分の屋根裏、梁の上へと這っていく。まるで蛇になった気分だ。深く長いため息をつく。藤崎はいった。「一階和室の上に来た」

「やりましたね！」秋枝が階段を駆け下りる音がきこえる。「僕も一階和室に来ました。なにか見えますか」

藤崎は懐中電灯で辺りを照らした。「変わったことはなにも……。あっ」

「……なんですか」

照射範囲に目を凝らす。断熱材の袋が切り刻まれていた。いくつかの袋が天井裏から剝《は》がされ、あたりに散乱している。しかも中身が無造作にぶちまけられていた。

露出した天井裏に光を向けてみる。点々と楕円《だえん》の小さな粒が浮かびあがった。かなりの数が広範囲に見てとれる。

「ああ」藤崎はつぶやいた。「ネズミだ」

「いたんですか」

「いや。糞《ふん》だよ。この辺りに巣を作ってるのかもしれない。鳴き声はきこえないから、いまは外にでてるかも……」

そのとき耳もとに、う……うう……、と少女の呻《うめ》き声が届いた。首を絞められたような苦しげな声。

藤崎は愕然《がくぜん》とし振りかえった。二階建て部分の屋根裏方面からきこえた。空耳ではない。今度ははっきりと少女の発声だとわかった。

それもタクシーの車内ドラレコできいたのと、同じ少女の声に思える。

「秋枝さん」藤崎はスマホにささやきかけた。「いまのきいたか」

「……はい？　和室の上からは、ゴソゴソと音がしてます」

「それは僕が這ってるからだ。そうじゃなくて女の子の声だよ」

「女の子の声ですか……？　いえ」

いったん沈黙し、静寂に耳を研ぎ澄ます。呼吸も控えた。家鳴りだけが断続的にきこえてくる。ほかにはなんの物音もしない。

じっとしていてもどうにもならない。藤崎は梁《はり》の上を後退した。さっきの狭い開口部に両脚を突っこませ、二階建て部分の屋根裏へと引き返す。

秋枝の声が呼びかけた。「藤崎さん……？」

「しっ。まっててくれ」藤崎は腰を開口部にねじこんだ。頭から抜けたときより、こちらのほうが数段難しい。腕をどうするべきか迷う。ようやく両肩が通過した。顔をそむけ、なんとか頭も抜ききった。

二階建て部分の屋根裏へと戻った。東側を懐中電灯で照らす。少女の声はこの方向からきこえた。誰かいるとすればこの広い空間のどこかだ。

柱の影が人に見えたりする。そのたび固唾《かたず》を呑《の》んで凝視する羽目になる。藤崎は自分に苛立《いらだ》ちをおぼえた。さっき東から西へと移動してきたのに、少女がどうやって潜めるというのか。昨夜の床下もそうだったが、ありえない空想にとらわれすぎだ。

瑕疵《かし》借りが慣れない謎解きに挑んでいる弊害かもしれない。これまでも事故物件に住み、前の住人の事情を推測しては、瑕疵の度合いを軽減させてきた。しかし今度は半ば調査が義務として課せられている。引き受けるべきではなかった。母娘の失踪《しっそう》が絡む以上、本来は警察が捜査せねばならない事件だ。

藤崎は梁の上を後戻りしていった。東へと帰りながら辺りを懐中電灯で照らす。人が潜める場所はない。床下はいたるところを壁が遮っていたが、ここ屋根裏はひとつの空間だ。隈《くま》なく調べた。けっして誰も隠れられるはずがない。

点検口に着いた。両足を脚立にかけ、ゆっくりと下りていく。二階の洋室1、ウォークインクローゼット内へ戻った。

階段を駆け上る音がきこえる。藤崎が洋室1へでると、秋枝が入ってきた。戸惑い顔の秋枝がきいた。「ネズミはいったいどこから……?」

藤崎は図面の東から北立面図を取りだした。二階トイレからまっすぐ下りる配管のカバー、外壁の出っ張り部分の下端に丸をつけた。

「ここだよ」藤崎はつぶやいた。「本来なら格子や網で塞いでおくところだ。でもたぶん開いたままになってる」

「マジで……?」秋枝が驚きのいろを浮かべた。「たしかなんですか」

「そっちから光が漏れてきてた。このカバーの上端は、一階と二階のあいだまでしか達してないけど、そこからはネズミが壁のなかを登ってきたんだと思う」

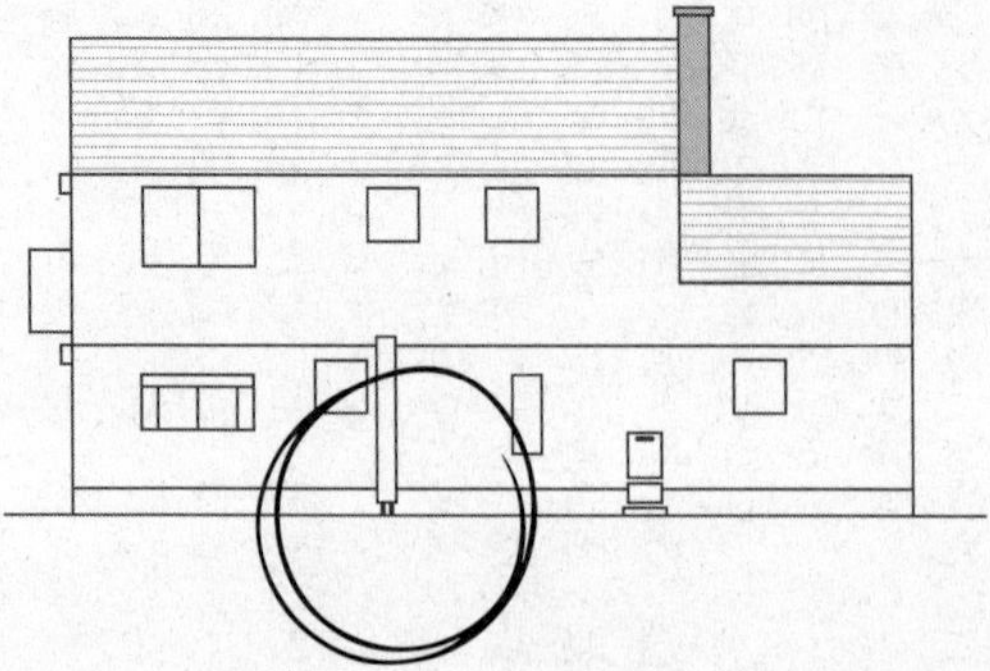

「信じられません。ネズミが網を食い破ったんですか？」

「いや。最初から開いてた」

「開いてた？　なんで塞がなかったんでしょうか」

「三十五年前のバブル期は、戸建ての建設ラッシュだった。こんな郊外には手早く次々と家が建った。スケジュールが押して、見えないところには手抜きも横行した」

「建ったときからずっと、ネズミの出入り口になってたというんですか」

「そう。あの断熱材の散らかりぐあいからすると、ずっと前から入りこんでたと思う」

「平屋部分の屋根裏にいたんですよね？

なぜこっちのほうの屋根裏には、ネズミのいる痕跡《こんせき》がなかったんでしょうか？　ゆうべはこっちも走りまわってたのに」

「ネズミにきかないとわからない……。平屋のほうが暖かいのかもしれない。なんにしても、この推測が正しいかどうか確認しないと。外にでてみよう」

藤崎は洋室1をでて、階段を駆け下りていった。秋枝があとを追いかけてくる。一階に着くと、モカが遊んでもらおうと秋枝にまとわりついてきた。秋枝はモカに、しばらくまっているよう声をかけた。

靴を履き、玄関のドアを開ける。朝の冷たい外気に触れる。けさ空は雲っていた。でたとたん藤崎は後悔した。家の前に高齢女性が立っていた。しかも吉里ひとりではない。藤崎が初めて見る高齢男性を連れてきている。

「ちょっと」吉里が険しい顔で近づいてきた。「まってよ。あんたたち」

藤崎は背後を振りかえると、すかさず秋枝を手で押しとどめた。「家に入ってて」

「でも……」

「いいから」

秋枝は困惑ぎみに吉里らを眺めたが、ためらいがちに玄関へ引き返していった。

吉里ががなり声を発した。「どこ行く気よ」

ふたたび吉里に向き直り、藤崎は冷静にいった。「賃借人は僕です。いまここの住民は、秋枝さんじゃなくて僕ってことです」

「わたしはあの人に用があんのよ」

「どんな用ですか」

さも厄介そうな目をした吉里が、連れの高齢男性に顎《あご》をしゃくった。「この人、近所の池茨さん」

奇妙な人物だった。年齢は八十代とも九十代とも思える。ワイシャツのボタンをかけちがえていて、スラックスはよれよれだった。皺《しわ》だらけの顔には虚《うつ》ろな目と、だらしなく半開きになった口がある。タブレット端末を胸に抱いているのが、またまるで似合わない。

「……ああ」藤崎はつぶやいた。「池茨さんというお名前はうかがってます」

吉里が嚙《か》みつくようにたずねてきた。「どこできいたの」

「あなたがおっしゃったじゃないですか。三軒隣の池茨さん。おじいさんがその、猫の死骸《しがい》を壁に……」

「あー、はいはい。でもね、それはこの人じゃないの。もう亡くなったお兄さんのほう。晩年は重度の認知症でね」

いま目の前に立つ高齢男性も、兄とほぼ変わらない状態ではないのか。藤崎は池茨を見つめた。「なにか……?」

池茨は藤崎を見かえさなかった。藤崎に焦点を合わせてくることもない。言葉が通じているかどうかさえ疑わしかった。

すると吉里が池茨の手からタブレット端末をひったくった。「この人、秋枝さんが夜中に死体を捨てに行くのを、これで撮ったの」

藤崎は動じなかった。吉里のようなタイプは、なるべくショッキングな言葉を吐くことで、相手が無視できない状況を作ろうとする。隣人トラブルを生じさせる高齢者はたいていこういう性格の持ち主だ。

「正しくは」藤崎は平然といってのけた。「夜中に軽トラがでていくのを撮った。それだけですよね」

「観てみればわかるの!」吉里は眉間《みけん》に皺を寄せ、いかにも慣れない手つきで、タブレット端末の画面をタップしだした。操作に難儀している。なかなか先へ進めないようだ。

藤崎は手を差し伸べた。「貸してください」

タブレット端末を引き渡しながらも、吉里は咎《とが》めるような口調で警告した。「動画を消さないでよ」

ため息をつき、藤崎はカメラのアイコンをタップしてみた。動画ならここに記録されているだろう。

保存されている動画ファイルは一個だけだった。それをタップする。

暗い映像だった。外では観づらい。片手を画面にかざし、陽射しを遮る。二階の高さから撮ったとわかる。手ブレが激しい。この家の前の狭い道路のようだ。

俯瞰《ふかん》でとらえた夜間の路上を、軽トラが駆け抜けていく。右上に表示された画像の撮影日時は、二月二十一日、午前零時八分。運転席に乗っているのが誰かはわからない。だが……。

吉里ががみがみとうるさくいった。「見えるでしょ。荷台に母親と娘の死体が」

藤崎は表情を変えないよう努めた。だが事実として、画面に映る軽トラの荷台は空ではなかった。

死体とは断定できない。布ですっぽり包まれ、紐《ひも》で縛ってあるからだ。しかしいわれてみれば、ひとつは大人、もうひとつは子供に見えてくる。大人のほうは横向きに寝ていて、子供は仰向《あおむ》けの体勢、そう思えなくもない。

とはいえ藤崎は同意できなかった。「親子ぐらいの大きさの、膨らんだ布袋ふたつ。

それが荷台の上にある事実しか確認できませんね」

「どっかの母親と娘でしょ！」吉里は目を血走らせていた。「ふたり連れがこの家に入っていくのを見たのよ」

「いつの話ですか」

「まだつい最近。三月に入ってからよ」

「これは二月二十一日の動画ですよね」

吉里がタブレット端末を奪いかえした。「とにかく秋枝さんが不審な行動をとってるのはわかったでしょ！」

強弁すればなんでも押し通せると思っている。隣人を吊《つ》るしあげると決めてかかったからには、主張に矛盾があろうがどうでもいいらしい。藤崎は池茨に目を戻した。

「カメラアプリをご自身で起動させたんですか」

池茨はぼうっとしたままたたずんでいる。また吉里が代わりにたずねかえしてきた。

「なんの話？」

藤崎はいった。「見たところ池茨さんは会話もままならないようですが、夜中に起きだして動画を撮るにあたり、タブレット端末をご自身で操作したかどうかをきいてるんです」

「そんなの偏見よ」吉里が苦々しげに弁護した。「池茨さんはボケ防止のために、動画撮影を趣味にするよう、お医者さんからいわれてるの」

「へえ。認知症防止トレーニングにそんなものが。変わってますね」

「きょうは調子が悪いけど、ふだんふつうに頭が冴《さ》えてることもあるの」吉里が池茨に視線を向けた。「ね？」

すると池茨が瞬《まばた》きをし、吉里を見かえした。まだどこか曖昧《あいまい》さを残しつつも、ふと表情が人間味を帯びたように見える。唸《うな》るような声を発し、池茨は小さくうなずいた。

まるっきり思考が働いていないように見えたのは、藤崎の勘ちがいだったのだろうか。だが池茨はまた虚空を眺めると黙りこくった。魂が抜けたようなさまは蠟《ろう》人形に似ている。

吉里が猛然と抗議してきた。「法律を守らない人が隣に住んでたら、どんなに不安かわかるでしょ。あの母親と娘はどこの誰？　あっちの雑木林に埋めたんでしょ。秋枝さんをここにだしなさいよ。なんでこそこそ隠れてるの？」

「秋枝さんになにを話すつもりですか」

「自治会に入りもしないのにゴミ捨て場は使わせない！　ここにいるだけでも迷惑」

「入会を拒んだのは秋枝さんですか。あなたですか」

「そりゃあ、人殺しの疑いがあるのに自治会なんか入ってもらいたくないでしょ」

「じゃ秋枝さんを除《の》け者にしたのはあなたたちでしょう」

「人聞きの悪い。なにがいけないっていうの。そもそも……」

「法律を守らない人が隣に住んでたら不安ですよね」

「そうよ」

藤崎は足もとを指さした。「柵《さく》はなくてもここは私有地です。無断で入らないでください」

吉里はむっとして黙りこんだ。尖《とが》った目で藤崎を睨《にら》みつけると、池茨の腕をつかみ、連れだすように路上へと立ち去っていく。

私有地をでたとたん、また振りかえって暴言を吐く気ではないか。藤崎はふたりの背を目で追った。しかし吉里はいちど振り向いたものの、憎悪に満ちたまなざしを残すのみで、また歩きだした。池茨を自宅に帰そうとしているようだ。

なんにせよ一難去ったのはありがたい。とはいえなんとなく胸にくすぶるものが残る。藤崎は踵《きびす》をかえし家の玄関へ向かった。

ドアを開けると靴脱ぎ場に秋枝が立っていた。気遣わしげな面持ちで秋枝がきいた。

「吉里さんは……？」

「もう帰った」藤崎は静かに誘った。「ネズミの出入り口をたしかめよう」

「そうですね」秋枝がそそくさと外にでてきた。

ふたりで家のまわりを迂回《うかい》する。北に面した裏側は湿っぽかった。給湯器やガスメーターが設置されている。北立面図に印をつけた場所まで来た。

配管は化粧カバーで覆われているというより、外壁が自然に出っ張っていて、なんら違和感を醸しださない。ほかと同じラップサイディングの外装のせいかもしれない。

下端は基礎と家の境界あたりの低さで、そこから地面まで配管が露出している。地面に寝転ばなければ、下端内部の配管まわりが、格子や網で塞《ふさ》がれているかどうかはわからない。

作業着姿の藤崎はためらいもなく、地面に仰向けになった。直方体に出っ張った部分の底をのぞきこむ。予想どおり塞がれていなかった。暗い空洞が真上へと延びている。

藤崎は起きあがった。「ここだ」

「なんてことだ……」秋枝は唖然《あぜん》としていた。「こんなところ気にしたこともありません。完全に盲点でした。不動産屋さんもそうだったんでしょうか」

「たぶんね。ホームセンターで金網を買ってきて、打ち付けてしまえばいいと思うけど」

「……なぜ黙ってたんですか」

「買いに行きますか？　お供します」

「……秋枝さん」藤崎はあえて低い声を響かせた。「なぜ黙ってたんですか」

「な」秋枝は目を丸くした。「なにをですか？」

「二月二十一日、真夜中に軽トラをだしたとき、荷台は空っぽだった？」

「そうですよ。なにも積んでません。箪笥《たんす》を持ち帰る予定だったんですから。なのに吉里さんたちが……」

「吉里さんは荷台に横たわる大人と子供を見た。より正確にはその大きさの布袋を」

「そんなの知りません。なにかのまちがいです」

「動画を撮ってる人がいた。池茨さんが二階から軽トラを。荷台に大小の布袋があった」

「だから荷台にはなにも……」秋枝がなにかを思いだしたような顔になった。「ひょっとして古い寝袋ですか？　紐で縛った……」

「さあ。そうかもしれない。遠目には布袋っぽかったけど、いわゆる封筒型の寝袋だったかも」

「あー！」秋枝はうっすら涙を浮かべながら笑った。「あれですか。古い毛布がいっぱい入ってたんです。帰りに簞笥を覆って縛るために」

「……中身は毛布？」

「そうです。すみません。いままで完全に失念してました。千葉アウトレットのほうから、クルマで持ち帰るなら持ってきたほうがいいといわれてて」

「ひとつは子供サイズの寝袋？」

「いえ。寝袋を半分に折りたたんであったんです。もう一方に毛布を詰めこんで、残りはほんの二、三枚だったので、それでおさまりました。用意した紐《ひも》を巻きつけ、縛ってまとめておきました」

「それを誰か証明できる？」

「千葉アウトレット船橋店で、従業員の人が軽トラに簞笥を積むのを手伝ってくれたので……。毛布で包んで縛るのにも手を貸してくれました。しっかり固定しましたよ」

深夜に商品を引き渡す店内ガレージなら、防犯カメラが設置されている可能性もある。従業員に話をきくだけではない。録画映像をチェックせねばならない。

だがそれで秋枝の証言が裏付けられるのなら、なぜ早くいわなかったのか。藤崎は苦言を呈した。「最初からそう話していれば、吉里さんたちに誤解されずに済んだかもしれないのに」

「おっしゃるとおりです……」秋枝はばつが悪そうに肩を落とした。「僕がぴんと来なかったのがいけないんです。母娘が横たわっているなんていうもんですから、まったく身におぼえがないと思って、突っぱねてしまって……」

「布袋にいれて縛ってあるといわれても、なお連想できなかった？」

「面目ありません……。要らなくなった寝袋と毛布のことだとは、まったく考えつかなくて」

すなおに悄気《しょげ》ている秋枝には、なんの腹黒さも感じられない。とはいえ態度だけで無条件に信じるのは好ましくない。答は千葉アウトレット船橋店にある。

なんにせよ秋枝が死体遺棄を企てた可能性となると、さすがに皆無だった。母娘がこの近くでタクシーを降りる二週間も前のできごとだ。矛盾点はいっそう明確になってきた。にもかかわらず吉里は、齟齬《そご》があるのを承知のうえで、秋枝に罪を着せたがっている。なぜそんなことになっているのだろう。

「あれっ」秋枝が少し離れた場所で地面に目を落としていた。「藤崎さん。なにか妙なものが」

藤崎は秋枝を追った。さっきより東寄りへ数メートル、秋枝がなにかを見下ろしている。

一瞥《いちべつ》しただけで異変に気づかされる。藤崎はしゃがんでその地面を眺めた。楕円形《だえん》の粒が無数に落ちている。屋根裏で見たネズミの糞《ふん》にそっくりだった。家の外壁に沿って降り注いだように思える。

秋枝が家を仰ぎ見た。「こんなとこに糞が……。そっちじゃなくて、この辺りにネズミの出入り口があるんでしょうか？」

藤崎も二階を見上げた。真上は和室の窓だった。よくある引きちがいのサッシ窓だ。あんなところに大きなネズミが侵入できる穴などあるだろうか。まずありえない。窓の上にあたる庇《ひさし》にも隙間などは見えない。あれば屋根裏にいたとき、そこから射しこむ陽光を目にできたはずだ。

ひょっとして……。藤崎はサッシ窓を見つめた。そうか。古い家にはいろいろ問題が山積みのようだ。

ふたたび家の正面にまわるべく、藤崎は足ばやに歩きだした。「二階の和室へ行こう」

秋枝が追いかけてきた。「なにか思いあたることでも？」

「賃借人は僕だ。家賃を払う身からすると、ほかに望まれざる客と同居するのは御免こうむる」

「……僕のことじゃないですよね？」

家の玄関へとまわった。ドアを開けたとき、隣の二階の窓から、吉里が見下ろしているのに気づいた。目が合うと吉里は乱暴に雨戸を閉じた。こんな朝っぱらから雨戸を閉じるとは、嫌がらせ以外のなにものでもない。

斜め向かいの家の二階からも、湊の顔がのぞいている。湊もカーテンを閉めた。さらに向かいの家では、一階の掃きだし窓に立つ高齢男性が、さも不快そうに奥へとひっこんだ。

秋枝は周りの視線に気づかないらしく、きょとんとしてきいた。「なかに入らないんですか？」

「いや」藤崎はドアを大きく開け放った。「先に入ってくれないか」

藤崎は外にとどまり、周囲に警戒の視線を配った。ほかにも何軒かの住人がこちらを見ている。高齢者ばかりだった。藤崎は頭をさげる気にもならず、家のなかに入ると、ドアを閉め施錠した。

胸のうちに暗雲が垂れこめる。ここはいったいなんだ。近隣住民の全員がなにかを隠している。どうすればば真実をあきらかにできるのだろう。

12

藤崎は二階の和室に入った。秋枝はモカを一階でケージにいれたうえで、急ぎ二階へと上がってきた。

和室2の北と東にある引きちがい窓は、いずれも障子が手前にあり、それを開けるとサッシ窓がのぞく。東はバルコニーがついているが、北はふつうの窓だ。そちらの障子を外したうえで、サッシ窓を開け放った。

窓枠に座り、身体を外へ乗りだしながら、サッシの上辺を仰ぎ見る。ここには雨戸がない代わりに、窓の上の外壁内部に、シャッターボックスが埋めこまれていた。いまシャッターは全開状態になっている。

足もとに置いたポリ袋からマスクとゴム手袋をとりだす。それらを装着しながら、藤崎は秋枝にいった。「この部屋からでていたほうがいい」

「なぜですか」秋枝が当惑ぎみにきいた。

藤崎は頭上のシャッターに手を伸ばした。水切りをつかんで下へ引っぱる。シャッターを数センチほど下げた。小さな糞《ふん》がびっしりと付着している。大半は乾ききってこびりついていたが、まだ新しい糞も多くあった。

ため息が漏れる。藤崎はつぶやいた。「思ったとおり、シャッターボックスのなかがコウモリの巣になってる」

「なんですって」秋枝が近づいてこようとした。「コウモリ?」

「ストップ」藤崎は片手をあげ、秋枝を制した。「糞に雑菌がある。こっちに来ないほうがいい」

秋枝がこわばった表情で立ちどまった。「ならさっき地面に落ちていたのは……」

「ネズミとコウモリの糞は似てるんだよ」

「シャッターボックスのなかに……どうやってコウモリが入れたんですか?」

「こういうシャッターは全開にしていても、ストッパーで水切りがほんの少し下がってる。そこに指をかけて下ろせるようにするためにね。そのほんの二センチの隙間に入りこんじまう」

「二センチ? たったそれだけで……」

「ああ。コウモリにとっちゃ充分だよ。寒さをしのぐために、潜りこめる場所をいつも探してる。暗くなってから外でエサを捕食しては巣に戻ってくる」

「ってことは、いまコウモリはそのなかにいるんですか」

「いるよ。外に落ちてた糞の量からすると、たぶん十匹前後が棲《す》んでる」

「たしかに望まれざる客ですね……」

「だから部屋をでてたほうがいいんだよ」

「いえ。いちおう僕の持ち家ですから、この目で確認します」そういいながらも秋枝は腰の引けた態度をしめした。「コウモリを殺すんですか」

藤崎は首を横に振った。「勝手に駆除しちゃいけないことになってる。ここから追っ払うことしかできない」

ポリ袋から小ぶりなスプレー缶をとりだす。獣害対策用スプレーだった。古い家に住むときにはいつも買ってくる。細いストロー状のノズルを噴射口に装着した。

窓から風が吹きこんできている。藤崎は秋枝に注意をうながした。「これは催涙スプレーみたいなもんだから、目にくるよ。風のあたらないとこまでさがって」

「は、はい」秋枝がドア付近へ後退した。

格安物件に不動産屋は無頓着《むとんちゃく》なのが常だ。そのうえ家主がなにも知らないとなると、戸建てはこんなふうにあちこち問題を抱える。やれやれと思いながら、藤崎はノズルをシャッターボックスの隙間に挿しこんだ。ボタンを押し、スプレーを噴射する。

耳を澄ましてみたが、なかからなんの音もきこえない。さらに噴射をつづける。断続的にかなりの量の気体が、シャッターボックスのなかに吸いこまれていった。

やがて内部でガサガサとノイズが生じだした。シャッターをさらに十センチほど下げる。また静かになってしまった。スプレーの噴射を加える。漂う気体に目が痛くなってきた。すると今度はキイキイという鳴き声を耳にした。あと少しだと藤崎は思った。

そのとき小さな黒い影が飛びだし、外へとはばたいていった。鳥類とは明確に異なる。翼が羽毛に包まれてはいない。伸縮性のある飛膜を張った翼、鉤爪《かぎづめ》のある前肢、極細で自立できない後肢。見るからに気色の悪いイエコウモリが空の彼方《かなた》に飛び去っていく。

藤崎はいった。「一匹目がでた」

「ひっ」秋枝がびくついた。「ほんとだ。コウモリがそんなところに……」

スプレーの噴射にともない、シャッターボックス内部の雑音や鳴き声は増すものの、二匹目以降がなかなかでてこない。藤崎はさらに数センチほどシャッターを下げた。

秋枝が震える声できいた。「シャッターボックスのなかってのは、外側と室内側に隔てられてるんですか？　コウモリの入ったのが外側なら、室内側へは飛びだしてこないですよね？」

「いや」藤崎はスプレーの噴射を続行した。「常識で考えればわかると思うけど、シャッターボックスの内部はシャフトが水平に延びてるだけだ。シャフトにシャッターが巻きつく構造だよ。シャフトから上には間仕切りなんかないし、コウモリは手前側にも来る」

「ま、マジですか……」

「でもシャッターの隙間は外側にあるから、基本的には外に飛びだすと思う。よほど馬鹿なコウモリでないかぎり、方向を見失ったりは……」

シャッターボックスから新たな影が出現した。イエコウモリは総じて小さいが、今度は異様に大きい。翼を広げると三十センチ以上にもなる。窓辺を荒々しく羽ばたいたと思うと、獰猛《どうもう》な牙《きば》を剝《む》き、いきなり室内へと飛びこんできた。

「うわー!」秋枝が叫び声を発した。

褐色の身体がバタバタと不気味に部屋じゅうを飛びまわる。秋枝が六畳の室内を必死に逃げ惑う。にわかに騒然とする和室のなかで、藤崎は窓辺から離れ、スプレーをコウモリに浴びせようとした。だがコウモリは予測不能に舞いつづける。気味の悪い動きだった。翼を生やした小さな悪魔の踊りに見えてくる。

コウモリは秋枝を部屋の隅まで追い詰めた。秋枝はへたりこんで両手を振りかざしている。藤崎は駆け寄りながらふと気づいた。スプレーノズルのせいで噴射が広がらない。ただちにストロー状のノズルをつかんで、床にかなぐり捨てる。藤崎は至近距離からコウモリにスプレーを浴びせた。

とたんにコウモリはいっそう暴れだし、天井や壁に身体をぶつけては跳ねかえった。秋枝は両手で頭を覆い、ひたすら小さくなっている。コウモリが藤崎の顔めがけ突進してきた。藤崎が身体をのけぞらせ躱《かわ》すと、コウモリはまっすぐ窓の外へと消えていった。

ほかにも何匹かコウモリがシャッターボックスから外へと飛び去っていく。藤崎は秋枝を見下ろした。「部屋をでて、すぐ洗面台で手と顔を洗ったほうがいい」

秋枝は跳ね起きるように立ちあがった。「そ……そうします」

和室にひとりきりになると、藤崎は内側からドアを閉じた。ふたたび窓辺に歩み寄る。スプレーした気体が、ようやくシャッターボックス内に充満し、効力を発揮してきたらしい。コウモリが続々と逃げだしていく。藤崎はさかんに瞬《まばた》きをした。目の痛みが尋常ではない。それでも現状の視認を怠るわけにいかなかった。涙の滲《にじ》む視界に無理矢理コウモリの動きをとらえつづける。一匹また一匹とコウモリが退散する。

新たなコウモリの出現が途絶えた。藤崎はシャッターボックスに耳を近づけた。まだかすかに物音がする。藤崎はシャッターをつかみ、乱暴に揺すった。騒音を奏でつつ引き下ろす。

ふいにひときわ大きなコウモリが飛びだした。混乱したかのように、でたらめに宙を舞い、いきなり藤崎の眼前に体当たりしてきた。丸い両目や大きく開いた口を、はっきり真正面にとらえた。なんともおぞましく不快な顔つきだった。

藤崎はとっさにスプレー缶で打ち払った。耳障りな鳴き声を発すると、コウモリは窓の外に飛び去った。

静寂が戻った。藤崎はいまになって鳥肌が立つのをおぼえた。シャッターボックスに耳を傾ける。物音や鳴き声はきこえなくなった。

ため息とともにシャッターを勢いよく下ろす。閉じきったシャッターの内側で、ガラス窓を滑らせ、しっかり施錠した。

ゴム手袋を脱ぎ、消毒液を室内じゅうに噴射する。養生をしておくべきだったか。なんにせよしばらくこの和室は使わないほうがいい。窓も業者に清掃してもらわないかぎり、開けるべきではないだろう。

ドアをノックする音がした。秋枝の声がきこえる。「藤崎さん」

藤崎はため息とともに応じた。「どうぞ」

そろそろとドアが開いた。マスクをした秋枝が顔をのぞかせる。怯《おび》えた目で秋枝がきいた。「終わりましたか」

「ああ、終わったよ。この部屋は閉め切りにする。売るときにはプロの手できれいにしてもらわないと」

「わかりました」秋枝が額の汗を拭《ぬぐ》った。「本当に藤崎さんには、なにからなにまでお世話になってばかりで……」

その言葉に重なるように、女の声がぼそぼそときこえた。少女ではない、大人に特有の低い発声だった。

藤崎はあわてて秋枝に静寂をうながした。「しっ」

秋枝がびくっとして黙りこんだ。無音のなかに聴覚を研ぎ澄ます。どんなささいな声や音でも聞き漏らすまいと、藤崎は絶えず耳を澄ました。

だがやはりなにもきこえない。さっきまで喋《しゃべ》っていた秋枝が、なにかをききつけたようすもない。

室内の温度が低下したかのように感じられる。藤崎は寒気をおぼえた。空耳だと思いたいが、もうその域を超えている。いまの声は明瞭《めいりょう》に耳に届いた。なにを告げたかはわからないものの、たしかに女の声だった。しかも耳に覚えがある。やはりタクシーの車内ドラレコの音声と同じ声質。杉本美賀子の声だ。

藤崎はドアへ向かった。秋枝が戸惑い顔で退く。ふたりとも二階ホールにでた。すると今度は足音に紛れるように、女の声が短くなにかを喋るのをきいた。「お墓に」といったようにも思える。

秋枝が足をとめた。恐怖のいろとともに秋枝がささやいた。「いまのは？」

思わず息を呑《の》んだ。藤崎は秋枝を見つめた。「きこえた？」

「ええ。はっきりと。女の人の声ですよ。お墓がどうとか」

「だよな」藤崎は階段があるほうを振りかえった。「いま声がしたのはあっち……」

「僕もそう思います」秋枝が指さした。「そこ。上のほうですよ」

藤崎は洋室1へ入った。自分の聴覚がたしかなら、この室内の西側、天井付近からきこえたように思える。

西の壁にはドアがある。平屋部分の屋根裏収納だった。そのドアを開けた。薄暗い収納のなかには、空っぽの段ボール箱がいくつか、畳まれた状態で積んであるだけだ。

だがここは……。

「あの」秋枝が緊迫の小声を響かせた。「僕が思うに、いまの声はもうちょっと手前からきこえたような……」

同感だと藤崎は思った。「そうだな、こっちじゃない。平屋部分まで行かない、この洋室1の天井で西寄りだ」

屋根裏収納に入るドア付近で頭上に目を向けた。ここの天井裏で声がしたように思えてならない。いますぐたしかめる必要がある。

藤崎は身を翻し、室内の東の壁、ウォークインクローゼットへ走った。脚立が置きっぱなしになっている。長靴や懐中電灯を取りに行く暇はない。靴下のまま脚立を登り、頭上の点検口の蓋《ふた》をずらした。

屋根裏に頭を突っこんでみる。あいかわらず暗かった。スマホの懐中電灯機能をオンにし、ライトを西に向ける。構造を理解したおかげで、点検口からでも全体を把握できた。

木製の梁《はり》と柱が織りなす薄暗い空間は、何度見ても不気味さが消えない。スマホライトの光量不足で陰鬱《いんうつ》さが増している。けれども二階建て部分の西の果てに、人が隠れていないことは一見してわかる。

苛立《いらだ》ちが募ってくる。藤崎は頭を低くし、点検口の蓋をもとに戻した。脚立を下りながら藤崎は吐き捨てた。「誰もいない」

秋枝が唸《うな》った。「平屋部分の屋根裏に逃げたとか？」

「声の主が？　あの狭い開口部を抜けたのなら、移動時に物音がする。僕らはさっきその真下にいたんだし」藤崎は脚立を下りきった。ポケットには図面の束を折りたたんでおさめてある。それらをとりだした。「いったいどこに……」

ふたりで図面を眺めた。南立面図を見たとき、藤崎の手がふととまった。秋枝も目を瞠《みは》った。

女の声がした辺り。二階建て部分の屋根裏の西寄りで、平屋部分の手前。その付近に存在する怪しげな物が屋根から生えている。ダミーの煙突だった。

13

長靴を履いたのち、洋室1にある南向きのバルコニーにでた。藤崎は頭上に目を向けた。曇り空のほかには庇《ひさし》しか見えない。急勾配《きゅうこうばい》の切妻屋根は、どんなに身を乗りだそうとも、ほぼ真下からは見上げられるものではなかった。

秋枝が動揺をしめしてきた。「藤崎さん。まさか上に……？」

「ああ。煙突のなかをたしかめるには、それしかないからね」

「危ないですよ。このバルコニーからは、なんとか地上に飛び降りられますけど、これより高いところは……。屋根の角度が急すぎます」

わかっている。これだけ傾斜した屋根なら、塗り直しの際にも専用の足場を組む。坂になった屋根を登れるように、複数の鉄パイプを水平に、わずかに浮かせた状態で設置する。足場のない急勾配の屋根となると、鳶職《とびしょく》でも危険だろう。けれども女の声が空耳でないとわかった以上、このまま捨て置けるはずがない。

藤崎はいった。「秋枝さん。家のなかにいてくれ。屋根を見上げるために表へでちゃ駄目だよ。また近所の餌食《えじき》になる」

「ちゃんといわれたとおりにしますけど……。でもどうか気をつけて」

バルコニーの手すりをつかみ、鉄棒の要領で両腕を垂直に立てる。手すりに片足をかけ、身体を引き上げた。と同時に家のほうを向く。両手を庇に這《は》わせた。いま藤崎は手すりの上に立っている。問題はここからだ。

庇をしっかりつかんだ状態で、藤崎は軽く跳躍すると、懸垂のごとく伸びあがった。勢いよく片脚を振り、踵《かかと》をスレート屋根の上にかける。やってみたとたん後悔した。思いのほか急角度だった。ほとんど滑り台に等しい。屋根の上で足を踏んばろうにも、靴底が滑りがちになる。

それでも長靴だけにしっかり踏みしめれば、相応の摩擦力が生じるとわかった。藤崎はもういちど跳ねあがった。つかめるところはほとんどない。へたをすれば転落しかねない。だが藤崎の身体は無事に屋根の上で腹這《はらば》いになった。

登ったというよりは、急斜面にへばりついているに等しい。右手にはドーマーがあるが、進むべきは左手だった。そちらにはつかめる出っ張りはいっさいない。足がかりにできそうな凹凸も見あたらなかった。長靴の靴底が命を支えるすべてになる。

両足は庇付近を踏みしめ、屋根の上に全身を伏せた状態で、ゆっくりと少しずつ横移動していく。ほんの数メートルがはるか遠くに感じられる。てのひらに汗が滲《にじ》むのは好ましくない。両手を屋根に這わせていても滑りかける。

バルコニーから秋枝の声が呼びかけた。「藤崎さん」

「なんだよ」藤崎は応じた。

「近所の人たちが……。路上にでてきてます。こっちを見上げてますよ。吉里さんや湊さんもいます」

いちいち報告してくれなくてもいい。藤崎が這っているのは南に向いた屋根面だ。すなわちこの下は玄関だった。生活道路に面している。人が屋根に張りついていれば、目を引くのも当然だろう。

背後を振りかえるのは不可能だった。よって路上の近隣住民らに顔を向けずに済む。

藤崎はじりじりと横移動をつづけた。視界の左端には、斜めになった屋根越しに、レンガの煙突が見えている。あとほんの一メートル半だった。

ふいに片足が滑った。藤崎は滑落しそうになった。あわててもう一方の足で屋根を踏みしめる。全身を斜面に押しつけるようにし、摩擦力を少しでも高めようとした。

かろうじて落下は免れた。だが落ちかけた瞬間、路上からどよめきがあがった。どうやら二、三人の高齢者だけでなく、もう少し人数がいるようだ。近所が総出で見守っているのなら、いまのうちに留守宅へ片っ端から忍びこみ、消えた母娘の痕跡《こんせき》の有無を調べたい。もっとも、視線を釘付《くぎづ》けにしているのが藤崎自身では、それも不可能だった。

煙突が徐々に迫ってきた。あと八十センチ。七十センチ、六十センチ、五十センチ……。手を伸ばせば屋根の端に届くのだろうが、触れたところで身体を支えられない。もっと距離を詰めねばならない。四十センチ、三十センチ、二十センチ……。

ついに二階建て部分の屋根の西端に達した。おかげで左手で破風板をつかむことができた。それだけでも安堵《あんど》のため息が漏れる。摩擦力だけを頼りしてきたここまでとは、安定感が雲泥の差だ。

左手だけでなく右手でも破風板をつかんだ。両足を踏んばり、身体を上方へと滑らせるように登っていく。両腕の力にかなりの比重を置いた。急斜面を少しずつ上昇していく。気を抜かないよう自分にいいきかせた。一瞬の油断が滑落につながる。藤崎にとっては冬の登山並みに危険な挑戦だった。

切妻屋根の頂点に近づいた。右手が今度は頂点をつかんだ。この掌握は大きかった。いままでほど強い力でなくともぶら下がれる。

両手で屋根の頂点をつかみ、懸垂のように身体を引き上げながら、両足で傾斜を踏みしめつつ登る。やっとのことで屋根の頂点にまたがった。両腕で煙突に抱きつく。

藤崎はひと息ついた。

下から見ていたより煙突は太かった。華奢《きゃしゃ》な女性なら入りこめなくもない。だがまさか本当にこのなかに人が……。

やっと路面を見下ろす余裕が生じた。藤崎は生活道路に目を向けた。十人以上の高齢者らがこちらを仰ぎ見ている。みな怪訝《けげん》な面持ちだった。秋枝の指摘どおり、吉里や湊も立っていた。池茨もほかの高齢者に付き添われている。まだ顔の知らない、七十代以上とおぼしき男女がそこかしこに立つ。

吉里が怒鳴った。「なにしてんの、そこで⁉」

藤崎は答えなかった。会話など望んでいない。両腕で煙突を抱き締め、屋根の頂点にまたがった状態で、上半身を起こす。煙突の口を見下ろした。

そこにはベニヤ板が張ってあった。かなり老朽化している。当初は隙間なく塞《ふさ》がれていたのだろうが、いまや亀裂《きれつ》や穴が目立った。

指先で板に触れてみると、柔らかく凹《へこ》んだ。素手でも突き崩せそうだ。藤崎は声を張った。「秋枝さん。まだバルコニーにいるか？」

「います」秋枝の声が応じた。「なんですか」

「煙突の口を板が塞いでるけど、もう壊れかけてる。なかをたしかめるために、いったん板を除去しようと思うんだけど」

「いいですよ。必要なことです」

路上の高齢者らは、ずっと藤崎に注意を引かれていたらしく、いまになってバルコニーの秋枝に気づいたようだ。にわかに吉里がわめき散らした。「秋枝さん！　母親と娘がこの家に入っていったでしょ。どこへやったの！　壁のなかに塗りこんだんでしょ！」

現在は〝軽トラで捨てに行ったモード〟ではなく、もう一方の説にとらわれている時間帯らしい。気まぐれもいいところの高齢者だ。

そう思ったとき、吉里がさらに大声を張りあげた。「床下が怪しい！　絶対に床下に隠してる！」

どうやら壁の可能性を否定され、新たな説を思いついたようだ。藤崎は怒鳴りかえした。「床下なら隈《くま》なく見ました！　ベタ基礎だから地面を掘ったりもできませんよ！」

しんと静まりかえった。吉里が口をつぐんでいる。やれやれと藤崎は半ばあきれながら、バルコニーに呼びかけた。「秋枝さん。家のなかにひっこんでてくれ。姿を消してくれたほうが静かになる」

「わかりました……。おまかせします」秋枝の声が答えたのち、サッシ窓を閉める音がした。

藤崎はベニヤ板にこぶしを振り下ろした。一撃で亀裂がひろがった。そこに指をかけ、力ずくで板を引き剝《は》がす。

鋭い音とともに板が剝がれた。とたんに煙突のなかからコウモリが羽ばたいた。顔にぶつかりそうになる。藤崎は手で払いのけたが、その拍子に体勢を崩してしまった。重心を失ったのがわかる。身体がまた滑落しかけた。高齢者たちのどよめきを耳にする。必死に煙突にしがみつき、なんとかことなきを得た。

動悸《どうき》が著しく亢進《こうしん》している。コウモリはすでに飛び去っていた。忌々しい生き物だ。

あらゆるところに入りこむ。油断も隙もない。

藤崎はあらためて煙突の口に目を向けた。なかをのぞきこんだとたん、ぎょっとさせられた。小さな白い顔が見上げていたからだ。

吹きつける微風がやけに冷たい。予想もしなかった物が煙突のなかにある。藤崎はそれを見下ろした。

煙突の口から十センチほど下、雛人形《ひなにんぎょう》の女雛《めびな》が仰向《あおむ》けになっていた。大垂髪《おおすべらかし》は異様にリアルで、十二単《ひとえ》も本物そっくりの柄が刺繍《ししゅう》されている。薄汚れた顔には微笑が浮かび、黒い目がふたつ、藤崎をじっと見かえす。

女雛の下には男雛《おびな》がのぞいている。なんと煙突のなかには雛人形が折り重なっていた。無造作に投げこまれたように、男雛は逆さまになり、三人官女の着物はぼろぼろというありさまだった。さらにその下に、五人囃子《ばやし》や随臣、仕丁《しちょう》の人形も入り乱れている。七段飾りの雛人形がすべて詰めこんであるようだ。

手を差しいれる気にはなれない。コウモリの糞《ふん》にまみれている。なんとも奇怪な眺めだった。なぜこんなところに雛人形が。

藤崎は茫然《ぼうぜん》と路上に目を移した。近隣住民たちが依然としてこちらを見上げている。吉里は不審げな表情のままだった。湊はあんぐりと口を開けていた。煙突の内部になにを見たのか、誰もが訝《いぶか》しがっているようだ。自分はそれだけ硬い顔をしているにちがいない、藤崎はそう思った。

もういちど煙突のなかの雛人形を眺めた。いまにも藤崎に語りかけてきそうな女雛の表情。向き合うだけで体温が奪われていくような気がする。折り重なる人形の隙間を見通すかぎり、七段飾りのあらゆる物が投げこんであるが、ほかには煙突内になにもない。大人どころか子供が隠れられるスペースすらない。

いまはもう声などきこえない。代わりに遠雷を耳にした。春の嵐だろうか。風が強くなっている。女雛の顔に水滴が降りかかった。雨粒が落ちてきている。本降りになる前に屋根を下りねばならない。屋根が濡《ぬ》れたら危険だからだ。だがどうしてすぐに動きださない。なぜこの女雛に目が釘付けになるのだろう。

14

藤崎が慎重にバルコニーへと戻ったころには、路上の高齢者らは散っていき、各自の家へ引き揚げていった。

雨が本格的に降りだした。作業着は脱いで洗濯せねばならない。シャワーも浴びておく必要がある。コウモリはあらゆるウイルスを運ぶといわれる。感染症にやられたくはない。秋枝は浴室も洗濯機も自由に使ってくださいといった。

家主の言葉に甘えるというより、賃借人なのだから当然その権利はある。とはいえゆっくり風呂《ふろ》に浸《つ》かるつもりはなかった。手早くシャワーを浴びたのち、ドライヤーで急ぎ頭を乾かし、普段着を身につけた。家の図面一式を携える。足ばやに脱衣室をでて、一階廊下を通り、玄関ホールへと向かった。

すると靴脱ぎ場に秋枝が立っていた。外出用のコートを着て、靴も履いている。モカはケージからでて、尻尾《しっぽ》を振りながら秋枝にまとわりついていた。

藤崎はきいた。「外にでる気？」

「いえ、藤崎さんが外出するおつもりかと……。なんだか急いでるようすでしたし」

「いい勘してる。これから市川《いちかわ》まで行くよ」

「市川？」

「そう」藤崎は図面の隅に載ったロゴを見せた。「この家だけど、株式会社カトヤマ住建ってハウスメーカーが、設計施工を担当してる」

「あまり耳慣れない社名ですね」

「平成十一年に株式会社フランディアと社名変更してるんだよ。その後は大手家具チェーンのドニエルズに買収されて、住宅部門のドニエルズハウスとなってる」

「その会社が市川にあるんですか」

「ああ。三十五年前に建てた家の記録なんて、残ってるかどうか怪しいけど、どうしてもたずねたいことがある」

ダミーの煙突のなかに、なぜ雛人形が詰めこまれているのか。スマホで画像を撮ってきた。それを突きつけたうえで問いただしたい。知らぬ存ぜぬで終わる可能性も濃厚だが、少しでも手がかりを得られるなら、やはり動かずにはいられない。電話やメールの問い合わせでは駄目だ。いきなり訪ねていったほうが、真実に近づける公算が高い。経験上そんなふうに思う。

秋枝が顔を輝かせた。「一緒に行きますよ」

「いや、あなたは家にいたほうがいい。前にも話したろ。留守にすると、そのあいだになにをされるか……」

すると秋枝がシューズボックスの上に手を伸ばした。そこには小さな球状の機器が置いてあった。ウェブカメラだった。

得意げに笑いながら秋枝がスイッチをいれた。「アマゾンで買った物です。もう引っ越すつもりだったので、開梱《かいこん》すらしてませんでした。でもけさ思いだして接続しました。あと二個ありますよ。キッチンの勝手口とリビングの出窓に」

いい判断だと藤崎は思った。「SDカードに常時録画？」

「そうです。スマホアプリでいつでもモニターできます」

「素晴らしい。それなら防犯面でばっちりだよ。だけど……」

「お願いです、同行させてください。僕の持ち家なんですし、正しい情報を得たいんです」

その権利は否定しがたい。藤崎は靴を履いた。「わかった。でもモカは置いていくように。このドアを開けたら、まっすぐクルマに向かってくれ。近所の人がいても目を合わせないように」

「わかりました。……あの、運転をおまかせしていいでしょうか。いまの心境じゃ、たぶん集中できないかと」

「いわれなくても僕が運転するつもりだったよ」藤崎は玄関ドアを開けた。「さあ行こう」

秋枝が外へ駆けだす。藤崎はモカを家のなかに残し、ドアを閉めるや施錠した。雨が降りしきるなか、路上に数人の高齢者らが、傘をさしながら立っている。秋枝を見るとわらわらと寄ってきた。藤崎はスマートキーでパッソのロックを解除した。泡を食ったように秋枝がクルマのドアを開け、助手席に乗りこむ。藤崎も運転席側のドアへと走った。

痩《や》せ細った高齢男性のひとりが、生気のない顔で近づいてくる。しわがれた声で藤崎に話しかけた。「どこかの母親と娘がこの家に……。あんたたちが殺したのか」

縁起でもない。運転席におさまるや藤崎はドアを勢いよく閉じた。エンジンをかけ、サイドブレーキを解除、ギアをDにいれる。アクセルを踏んで発進しようとした。

すると今度は別の高齢男性が、おぼつかない足どりで前方にまわりこんだ。行く手に立ち塞《ふさ》がったのは、だらしない服装の池茨だった。傘はさしていない。虚《うつ》ろな目のまま、手にしたタブレット端末のカメラレンズを、黙って藤崎に向けてくる。

背筋が寒くなるほど異様な挙動だった。藤崎はクラクションを鳴らしたが、池茨はクルマの前方をふらつきつづける。あるていど間隔が生じるや、藤崎はステアリングを大きく切り、池茨を回避しながらクルマを発進させた。さらにほかの高齢者を避《よ》けるため、ステアリングを左右に切り、生活道路を蛇行していった。

ちらとサイドミラーを見た。湊が二階から身を乗りだし、こちらの動きを目で追っている。

秋枝が震える声でうったえた。「湊さんが見てますよ。こっちの二階から吉里さんも」

いつものことだ。藤崎は路上を警戒しつつクルマの速度をあげた。前方が見づらいのは、ワイパーを動かしていなかったせいだと気づく。シートベルトもし忘れていた。藤崎は秋枝に呼びかけた。「シートベルトを……」

「わかりました」秋枝があわてぎみに藤崎に倣った。

住宅九棟が密集する旧分譲地をあとにする。わきに雑木林があった。人を埋めるなど物理的に不可能な場所だ。住民たちの主張はでたらめだった。認知症ばかりだとしても迷惑きわまりない。

とはいえ小幡哲の別れた妻子という、藤崎と秋枝に縁がなくはないふたり連れは、この付近まで来ている。まったくの偶然と解釈してもいいのか。なにかに引き寄せられたのではと、理外の理を信じそうになる。だがそんなことはありえない。秋枝はなにも知らないという。ひとまずそれを信じるしかない。……いや、近隣住民も含め、誰ひとり信じてはならない。瑕疵《かし》借りは孤独な立場だ。だからこそ見えてくるものもある。

通行の少ない上下二車線の幹線道路にでた。とはいえ周りは畑と林ばかりの田舎だった。市街地はまだ遠い。心ははやるものの、藤崎は制限速度を保った。

秋枝が提言してきた。「もう少しスピードをだしたほうが……」

「遠慮する」藤崎は運転しながら応じた。「違反で捕まっただけでも、まともな職への復帰が遠のく」

「あの……。どういう意味でしょうか」

しばし口をつぐんだ。話したところでなにも変わりはしない。だがいまはなぜか沈黙を守る気にならなかった。藤崎はつぶやいた。「二年ほどムショに入ってた」

秋枝が驚きのまなざしを向けてきた。「本当に……？」

「ああ。それ以前は調査会社に勤務してた。いわゆる探偵業ってやつだよ。そういう職業は届け出制でね。禁錮《きんこ》刑のあと五年は、やっちゃいけないことになってる」

「……なぜ服役なさったんですか？」

「うちの調査会社は、仕事の三割ていどが浮気調査、あとは事故物件調査だった。僕はそっちの担当で、瑕疵が生じた戸建てやマンション、アパートの詳細を調べてきた」

「もともと瑕疵借りに近い職業だったんですね」

「ある日、四十代の夫と三十代の妻が住むアパートの一室で、二歳児が死亡した。母親が昼寝しているあいだに、子供は窓辺まで這《は》っていき、そこで眠りこけてしまったらしい。夏の暑い日だったため、直射日光を受け熱中症に陥った。母親が気づいたときには意識不明の重体。病院に運ばれたが命は助からなかった」

秋枝が視線を落とし、静かにつぶやきを漏らした。「辛《つら》いですね」

「……ああ。すまない。こんな話をして」

妻と息子を亡くした秋枝にきかせるべきではなかった。だが秋枝は先をうながしてきた。「その件がどう藤崎さんに影響したんですか」

深く長いため息をついた。交差点の信号は青だった。藤崎は案内板がしめす佐倉方面へとステアリングを切った。「僕は部屋を調査した。警察は事故で処理したがっていた。現場検証もいい加減だった。畳の下に使用後の粘着テープが何本もあったのに、その使用目的にすら想像が及ばなかった。僕は粘着テープに皮膚片らしきものが付着してるのに気づいた」

「まさか……」

「そうだよ。皮膚片や汗のDNA型鑑定で事実が判明した。二歳児は縛られて窓辺に放置された。死因は熱中症だけど、二日間、食べ物も飲み物もあたえられていなかった。あとでわかったことだけど、虐待が日常化してる家庭だった」

「両親は……逮捕されたんですか」

「僕は問いただしたが、ふたりともまったく認めようとしなかった。父親のほうはいかにもワルぶった無職でね。キッチンの出刃包丁をつかみとり、僕を脅してきた。刃を振りかざしたので、僕も身を守るため、必要な行動をとった。だが揉《も》み合いになった。気づけば相手の胸に包丁が刺さってた」

自分の荒い息づかいを耳にした、あの数分間はよくおぼえている。茫然《ぼうぜん》とたたずむ藤崎の前で、男はキッチンの床で仰向《あおむ》けに転がり、白目を剝《む》いていた。包丁は深々と突き刺さり、黒ずんだ血液がじわじわと服を染めていった。動脈でなく静脈からの出血だったのだろう。いずれにせよ男は助からなかった。倒れた男の傍らで、その妻が甲高い叫びをあげていた。

秋枝がささやいた。「正当防衛だし、事故でしょう……。藤崎さんは悪くありません」

「いちおう判決でも酌量の余地ありとされたよ。でもムショ行きは免れなかった。出所後も就職できるところはなくてね。結局、古巣にいいように使われてる」

「瑕疵借りとして……ですか」

「僕みたいなワケありの人間が瑕疵借りになるんだよ。いわば人間瑕疵物件だな。歳月によって自分の瑕疵が軽減されるのをまってる人たち……。僕はようやく三年目だよ。まだ道のりは長いね」

「……どうりで」

「なにが？」

「いい人だと思ったんですよ。僕よりひとつ年上なだけなのに、親か学校の先生みたいに思慮深い」

藤崎は力なく鼻を鳴らした。「そんなに優秀な教師には出会わなかったよ。家庭にも問題があった。高卒だったし。ブラック企業の典型だったけど、調査会社が人手不足だったから、安月給で採用されたにすぎない」

「だけど藤崎さんは、僕みたいな弱い人間の味方になってくれます……。それが嬉《うれ》しかった。ひとりになってしまってから、どこかの物件に住んでも、そこは本当の家じゃないと痛感させられるんです。誰も頼りにできないような世のなかなので……」

車内に沈黙がひろがった。胸の奥に響く通底音を意識したくない。ただ藤崎はつぶやいた。「あなたがいい人だということはわかった。犬好きに悪い人はいないね」

秋枝は面食らう反応をしめしたが、すぐにふっと笑った。自嘲《じちょう》気味に秋枝はこぼした。「どうやら運だけは果てしなく悪いようですが……」

「その運の悪さの原因を突きとめないとね。母娘の失踪《しっそう》騒動が偶然で片付けられるはずがない。近所に漂う不穏な空気にしても、住民たちの単なる勘ちがいとは思えない。きっとなにかある」

「僕もそう思います」秋枝は希望をのぞかせたが、ふと思いだしたように、不安げな面持ちに戻った。「あの女の人の声、なんだったんでしょうか……」

わからない。藤崎は無言でステアリングを切りつづけた。床下も屋根裏もしっかり調べた。誰も潜んではいなかった。いずれも密室状態で、外からはけっして入りこめず、脱出もできない。ダミーの煙突のなかには雛人形《ひなにんぎょう》。だが女の声はたしかにきいた。それ以前に少女の声も。

市街地に入ったと思いきや、すぐにまた畑が目につきだす。いちども都会と呼べる景色を見ないまま、高速道路の入口へと向かう。佐倉インターチェンジから東関道にあがった。東京方面へとパッソを走らせた。片側三車線で空《す》いているが、雨のせいかどのクルマもさほど速度をださない。

やがて京葉《けいよう》道路へと分岐し、花輪《はなわ》インターで早々と高速を降りた。さすがにこの辺りは栄えている。秋枝がふしぎそうにきいた。「市川ならもうちょっと先じゃないですか?」

「寄り道するんだよ。あなたも夜中にここで降りたことがあるだろ?」

「ああ……。千葉アウトレット船橋店ですか」

「そう。あなたの立場をしっかり証明して、近隣住民の謂《い》われない中傷に対抗しないと」

千葉アウトレット船橋店は、高速の出口からそう遠くない大型店舗だった。地方の商業施設は駐車場が広く、クルマを停めるのに難儀しないのがありがたい。

あえて秋枝を車内に残し、藤崎はひとりで店へ入った。秋枝が簞笥《たんす》を引き取ったときの担当者は非番だったが、主任だという男性が伝票の控えを見せてくれた。二月二十一日、午前一時三十六分。藤崎は簞笥を軽トラに積んだ場所をたずねた。すると主任が家具引き取り口へといざなった。屋外倉庫のシャッターに面していて、クルマを停められるようになっている。防犯カメラが設置されていた。

藤崎は防犯カメラの録画映像を観たいといった。主任は難色をしめしたが、すかさず藤崎は一万円札を握らせた。そわそわした態度の主任だったが、ほどなく事務室へと連れて行ってくれた。

くだんの録画映像はしっかり残されていた。伝票の時刻から六分後。停車した軽トラを、カメラが斜め上からとらえている。運転席から降りたのは秋枝だった。荷台にはふたつの寝袋が横たわっている。どちらも膨らんでいたが、うち一個はふたつ折りにされた状態で、梱包《こんぽう》のごとく縛ってあった。

画面のなかで従業員が、小ぶりな箪笥を台車に載せ、ゆっくりと搬出してきた。秋枝は荷台に乗った。紐《ひも》をほどくと、寝袋のファスナーをどちらも開けた。古い毛布が次々にとりだされる。使い古しらしく、広げて振ると大量の埃《ほこり》が煙状に舞った。従業員が苦笑し、手で埃を払いのけつつ、むせるふりをする。秋枝も笑った。ふたりは箪笥を上下のパーツに分けた。それぞれ毛布で丁寧に包むと、紐で縛った。荷台の上で滑らないよう、側アオリにも紐を結びつけ、しっかりと固定する。

夜中に軽トラででかけた件については、これで秋枝の潔白が証明された。そもそもこの二月二十一日には、例の母娘が別の場所で健在だったことを、警察も確認済みだ。その後の二週間の足取りは判明していると川北刑事がいった。三月六日、タクシーが八街の旧分譲地へと、母娘を乗せていった。ふたり連れが別人でなく、まちがいなく本人たちであるとも証明されている。秋枝には本来、疑惑などないのだが、箪笥を買ったときの動画が駄目押しとなるだろう。これで近隣住民らを退けられる。

藤崎は主任に録画データのコピーを頼んだ。主任はお安いご用とばかりに、パソコンでＳＤカードへ当日のデータをコピーした。藤崎は礼をいって退店した。

駐車場に停めたパッソでは、秋枝が助手席でおとなしくまっていた。いいつけを守る誠実さはモカと同等だった。秋枝がきいてきた。「なにかわかりましたか」

「あなたにとっちゃ当然かもしれないけど、有利な情報だよ」藤崎は運転席におさまりドアを閉めた。「さて。問題はハウスメーカーのほうだな」

ふたたび高速道路に入り、七キロほど走ったのち、浦安《うらやす》市川バイパスへ降りた。都会ではあっても、まだ都心ほど窮屈でない道路の交差点を、右へ左へと折れていく。やがて国道沿いに大きなビルが見えてきた。ドニエルズハウスの看板が架かっている。

受付でカトヤマ住建のころの家について訪ねたいと申しでた。どちらさまですかときかれると、藤崎は涼しい顔で、八街の葉山不動産の者だといった。秋枝が眉《まゆ》をひそめたが、藤崎は目配《めくば》せし、なにげなく沈黙をうながした。葉山不動産が駅前のちっぽけなテナントで、店長ひとりが切り盛りしているとは、大会社の受付には知るよしもない。とりあえず取引があるように思わせれば、誰かしら社員との面会はかなう。

広いロビーの一角に待合ソファがあった。藤崎は秋枝とともに座り、担当者が来るのをまった。かなりの時間が過ぎ、ようやく白髪頭のスーツがふたり歩いてきた。どちらもなんとなく窓際族っぽさが漂う。もらった名刺によれば営業部、飯田《いいだ》課長と増《ます》島《じま》係長だった。

四人掛けソファで向かい合うと、藤崎は図面のコピーをテーブルに置き、社員ふたりに押しやった。

老眼鏡をかけた飯田課長が図面を手にとる。「おや、これは懐かしい。〝大安定の家〟じゃないですか」

藤崎はきいた。「〝大安定の家〟とおっしゃると?」

「当時のラインナップです。カトヤマ住建だった当時、パネル工法でキッチンと浴室、トイレふたつがセットになった4LDKを、その商品名でカテゴライズしておりまして」

「間取りもきまってたのですか」

「いえ。注文住宅でしたので自由設計です。ただし、いま申しあげた仕様が前提になっており、標準の建材も選択の幅は狭かったと記憶しております」

「どのあたりが標準仕様の範囲内ですか」

「そうですねぇ。この図面を見るかぎり、出窓だとかバルコニー、屋根やラップサイディングは標準だったかと。それからドーマーも」

「この煙突はどうですか」

増島係長がいった。「煙突は標準でなくオプションの扱いでした。あくまで飾りですが」

「注文は多かったですか?」

　ふたりは顔を見合わせた。飯田課長が首を横に振った。「いや……。たしかあまり売れなかったと思います。ダミーの煙突よりは、リビングの床暖房だとか、天井のダウンライトを選ばれるお客様が多くて。どちらも当時としては、わりと画期的なオプションだったんです」

「煙突のなかはどのように処理してたんでしょうか」

「なか?」飯田課長は苦笑した。「見た目だけのしろものですから、なかは空っぽです。雨が入りこまないよう、口は板で塞《ふさ》いであります」

「その煙突がある家ですが、板は割れたり穴が開いたりしてましたよ」

「……恐縮ですが、いつごろ建った家ですか」

「三十五年前です」

「それなら耐用年数はもうとっくに……。長くお住まいのかたは、屋根の高圧洗浄や塗り替えの際に、一緒に直されてるでしょう。長年にわたり放置したのなら壊れてきますよ」

「けさ屋根に登って、煙突の口を塞ぐ板を取り除いてみたんですけど」藤崎はスマホを操作し、撮った画像を表示した。「これがその中身です」

飯田課長の老眼鏡で拡大された目が、スマホの画面をまじまじと凝視する。眉間《みけん》に皺《しわ》が寄った。増島係長も同じように老眼鏡をかけると、横並びに画像をのぞきこんだ。

「……はて」増島係長がつぶやいた。「雛人形に見えますが」

「そうです」藤崎はうなずいてみせた。「煙突のなかに入っていました」

「黒ずんでますね。薄汚れてるというか」

「コウモリの糞《ふん》のほか、カビだと思います。板は密閉状態じゃなかったので」

「この煙突はわりと縦長で、奥もかなり深いはずですが、いちばん上の女雛《めびな》は口にかなり近いですね」

「七段飾りの雛人形《ひなにんぎょう》はぜんぶで十五体。三人官女に五人囃子《ばやし》、随臣は二体で仕丁は三体。すべて放りこまれているようです。画像を拡大すると隙間から下のほうも見えます。雛《ひな》道具の長持や鏡台、御駕籠《かご》に御所車なども折り重なってます」

「見たところ立派な雛人形ですねぇ……。高級品というか」

「なぜ煙突のなかにそんな物が入っていたんでしょうか」

藤崎は社員ふたりのようすを観察していた。また顔を見合わせたのち、飯田課長は苦い表情を、増島係長は当惑のいろを浮かべた。それぞれ視線を逸《そ》らしつつ居住まいを正す。飯田課長がつぶやいた。「なぜといわれても……」

「心あたりがあったんですよね」藤崎は鎌《かま》をかけた。

「な」飯田課長が緊張の面持ちに転じた。「なにをおっしゃるんですか」

「まったく初めてのケースではないんでしょう。そのような反応にお見受けしましたが」

増島係長が咳《せき》ばらいをした。「失礼、ええと、葉山不動産さまとうかがっておりますが、きょうは具体的にどのようなご用件で……」

「煙突のなかに雛人形。その理由をきいてるんです」

「そうおっしゃいましても、弊社は当時と経営も変わっていますし、カトヤマ住建時代のことは……」

「だからご存じのお二方に答えていただきたいんですが」

「三十五年も前のことですよ？　私どもとしてはあずかり知らないことです」

「よろしいですか」藤崎は身を乗りだした。「三十五年も経ったからこそ、なにか問題があったとしても、もう時効です。お二方の責任を問いに来たのではありません。ただ煙突のなかにこうして雛人形が無造作に詰めこまれてる。当時なにがあったか、私見でいいのでうかがいたいんですが」

ふたりは厄介そうな顔になったが、さっきよりは渋りがちな態度を控えだした。飯田課長がおずおずと口をきいた。「当時、私はまだ入社してもいませんでした。ですが〝大安定の家〟は、その後も十年以上にわたり販売されましたので、いろいろ噂はきいております。かつては景気もよく、注文も途切れることがなかったので、工務店の確保が急務でした」

納得のいく話だと藤崎は思った。「ハウスメーカーで設計、建材を提供しても、実際に家を建てるのは地元の大工さんですよね」

「そうです。なるべく信頼の置ける工務店と取引してきたのですが、郊外にどんどん宅地開発が進むと、それだけでは追いつかなくなりました。結果として馴染《なじ》みの薄い、規模の小さな工務店にもお願いせざるをえなくなったんです。それも応援でなく、メインの下請けとして」

「ああ。目に見える欠陥住宅でなくても、格子や網で塞ぐはずの箇所を塞がないとか、小さく雑なところが多々残った時期ですよね」

「ええ。ひところはよくクレームがつきました。この煙突についてですが、じつは付け根の屋根材が割れ、室内に雨漏りするケースが二、三あったんです」

「……というと、屋根が煙突の重量に耐えられなかったわけですか」

「はい。本来はダミーの煙突なので軽く造られているはずが、妙に重かったせいで、その下が壊れてしまったんです。調べてみたところ、煙突のなかに廃材や割れた瓦《かわら》など、建築現場のゴミが詰めこんであったと」

秋枝が驚きの声を発した。「なんでまたそんなことを」

増島係長はネクタイの結び目に手をやった。「産業廃棄物の処理が社会問題化してきた時期です。早い話、廃棄物にひと山いくらの処分代がかかるようになったんですよ。だから工務店によっては、建てた家の見えないところに、ゴミを少しでも隠してしまおうとしたようで」

「ふうん」藤崎はつぶやいた。「床下に廃材や壁紙の残りが置きっぱなしとか、そういう家もたしかにありますよね」

「そうなんですよ……。このダミーの煙突は、一部の無責任な工務店にとって、格好のゴミ捨て場になったようです」

「でもなぜ雛人形だったんでしょうか？　建築中に生じる廃棄物ではないですよね」

「工務店が新築の家に残していく廃棄物のなかには、あろうことか大工の個人的なゴミも含まれておりました。処分に費用のかかる粗大ゴミだとか、捨てにくい薬品の入った瓶だとか」

「それはよくないですね……」

「住宅の建設ラッシュでもあり、どんどん受注して数をこなせば、そのぶんだけ儲《もう》かるという時代でしたから……。それを踏まえて申しあげますと、この煙突に入ってるのも雛人形なので、おそらく……」

雛人形が捨てづらいという意見はよく耳にする。娘が成長して処分しようにも、人形を解体し燃焼ゴミと不燃焼ゴミに分け、ばらばらにゴミ袋に投げこむなど、罰当たりな行為に思えてならない。そんなふうに躊躇《ちゅうちょ》する家庭も多い。仏壇と同じで、寺にお焚《た》き上げ供養を頼む方法もあるが、むろん費用と手間がかかる。

秋枝がいった。「中古で買い取ってもらえばいいんじゃないでしょうか」

増島係長が首を横に振った。「あのころはいまほどリサイクルショップが多くなかったんです。好景気のせいもあり、不要品を積極的に買い取ろうとする動きも、あまりポピュラーではありませんでした。雛人形の処分といえば、身内に譲るのがふつうだった気がします。でもそれもできないとなると……」

大工が建築中の家に捨ててしまった。密閉するダミー煙突のなかならかまわない、そう判断したのか。雛人形は軽いぶん、廃材を遠慮なく投げこむよりは、まだ良心があったというべきだろうか。ばれにくいぶん悪質といえるかもしれない。

飯田課長が話を打ち切る素振りをしめした。「とにかく三十五年も前のことですし、現在の弊社は無関係ですので、あしからずご了承いただけましたら」

藤崎は黙って秋枝を見た。秋枝も藤崎を見かえした。途方に暮れた顔がそこにある。むろん藤崎も同じ気分だった。

不届き者の大工が捨てにくい物を捨てた、たったそれだけの仮説に、すべてが集約されてしまった。百歩譲って雛人形については、それで納得するしかないのかもしれない。しかし女の声はいったいなんだったのだろう。

15

三月はまだ陽が落ちるのが早い。藤崎と秋枝がクルマで八街に戻ったとき、もう辺りは暗くなっていた。

雨がやんだのは幸いだった。街路灯の少ない田舎道に闇がひろがる。ヘッドライトが照らす前方と、バックミラーに映る後方のいずれにも、ほかに走るクルマはいない。残りあと数キロを、藤崎はいつもどおり制限速度を遵守しながら、慎重に運転していった。

助手席の秋枝が首をかしげた。「妙に理路整然と説明がついて、話が終わっちゃいましたね」

「雛人形についてはね」藤崎はいった。「大きな問題が残ってる。まずなによりも失《しっ》踪《そう》した母娘だよ」

「もう家が間近ですよね……。憂鬱《ゆううつ》になってきます。また近所づきあいの苦悩が始まるかと思うと」

「その点はきょう進展が見こめる。吉里さんたちが押しかけてきたら、今度は堂々と話し合いに応じればいい」

「話し合うんですか？　でも……」

「さっきもいったけど、千葉アウトレット船橋店から防犯カメラ映像をもらってきた。軽トラに古い寝袋と毛布を載せてただけってのを、まず近隣住民の全員に見せる」

「みなさんが納得するでしょうか……。日付が大幅にずれていようが、かまわず強引に主張を押し通してくる人たちですよ」

「事実ははっきりしてるんだから、向こうの態度がどうだろうと取り合わなくていい。死体など運びだしていないし、母娘がタクシーで近くまで来たのはその二週間後。そういう事実をひとつずつ説明する。そのうえで家のなかを全員でたしかめてもらう」

「うちにあがってもらうんですか？」

「そう。床下から屋根裏までぜんぶ見せる。でもほかの人たちの家のなかも見せてもらうのを条件にする」

「ああ……。なら九つある家をぜんぶ……」

「住民全員で一軒ずつまわって、宅内を隈《くま》なく調べる。これ以上の公平さはない。反発する住民がいたら、その家こそ不審じゃないかと問い詰める。今夜は徹底的にやるよ。気を引き締めていこう」

「なるほど……。そうですね」秋枝が表情をこわばらせた。「いずれやらなきゃいけなかったことですよね。吉里さんと向き合うのは、正直なところ気が重いですけど、藤崎さんがいれば勇気が持てそうな気がします……」

近所との軋轢《あつれき》はよくあることだが、この場合は不可解なことが多すぎる。小幡哲の元妻と娘が、なぜ近くでタクシーを降りたのか。それからどこへ行ったのか。どうして近隣住民は秋枝ひとりに罪を着せようとするのか。どこかの家になんらかの秘密が潜んでいる。その手がかりを得たい。

幹線道路を外れ、雑木林のわきを通り過ぎ、住宅が密集する旧分譲地に近づいた。

藤崎ははっとしてアクセルを戻し、クルマを減速させた。

秋枝も身を乗りだした。「なにかあったんでしょうか?」

暗がりが赤く点滅している。緊急車両の赤色灯としか思えない。それも一台や二台ではなかった。火事でも起きたのだろうか。

クルマを徐行させながら近づいていく。予想もしなかった眺めがひろがっていた。住宅の谷間の生活道路に無数のパトカーが縦列駐車している。救急車も来ていたが、そちらの救急隊の動きは、どこか手持ち無沙汰《ぶさた》そうで緩慢だった。代わりに警察のほうはせわしない。特に青い鑑識課員らがせかせかと歩きまわる。

悪い予感しかおぼえない。生活道路の入口から見るかぎり、警察官たちが群がっているのは、藤崎と秋枝が住む家の辺りに思える。

制服警官が検問のように行く手を遮った。近づいてきた制服に対し、藤崎はサイドウィンドウをさげた。

すると制服がきいた。「住民のかたですか」

「はい……。この先の家です」

「吉里さん？」

「いえ」助手席から秋枝が応じた。「その隣の秋枝です」

「ああ」制服が身を引いた。「そうですか。おまちください。いま道を開けさせますから」

藤崎は呼びとめた。「あのぅ……。なにがあったんですか」

「お隣の吉里さんです。ご婦人が亡くなりまして」

「はい⁉」秋枝が驚愕《きょうがく》とともに身を乗りだした。「いったいどうして……?」

制服警官の冷静なまなざしが注がれる。藤崎は秋枝を手で制した。制服に対し、軽く一礼すると、サイドウィンドウをあげた。駐車中のパトカーを動かすべく、制服が前方へと駆けていった。

密閉状態になった車内で藤崎はつぶやいた。「死因は質問しても教えてくれない。どうせ刑事が来れば向こうから話す。それ以前に鑑識の多さでわかる。殺人事件だよ」

「さ……」秋枝が絶句した。

藤崎はため息をついた。佐倉インターから八街市内へ走ってきたが、途中でパトカーのサイレンなど耳にしなかった。警察はとっくに現場に到着していたのだろう。すなわち機動捜査隊から捜査一係や鑑識に引き継がれて久しい。通報から二、三時間以上は経過している。

精神的な衝撃はわずかに遅れて、いまになってじわりとこみあげてきた。取り乱しがちな秋枝の前で冷静さを保とうとしたからかもしれない。だがステアリングを握る手に汗が滲《にじ》んでくる。隣人の高齢女性が死んだ。殺された。もうすべてを気の迷いで片付けるわけにいかなくなった。

目の前のパトカー数台が動きだし、生活道路の奥へと移動していった。制服警官が誘導する。藤崎はゆっくりとパッソを走らせた。

赤色灯の点滅が視野全体を覆う。目が痛くなるほどだ。私服と制服の警察官らが道端に退く。鋭い視線が無数に突き刺さってくる。そこかしこに住民の高齢者らもいた。早くも寝間着姿だったり、毛布にくるまっていたりする。高齢男性のひとりがこちらに気づいたようすで指をさす。話をきいていた警官も目を向けてくる。そんなありさまも路上のあちこちにある。

吉里の家には大勢の警察官が群がっていた。救急車もこの近くにいたが、殺人事件の被害者ではなく、別の家の住民を搬送しようとしているようだ。高齢者がショックで倒れたのかもしれない。藤崎は吉里の家に目を戻した。規制線の黄いろいテープだけでなく、ブルーシートが広範囲に覆っている。その向こうで閃光《せんこう》が走った。鑑識のカメラが放つフラッシュだろう。

パッソを秋枝の家の前に横付けする。向かいを見ると、赤い点滅のなかに、高齢者たちが横並びに立ち、こちらを眺めている。どの顔も無表情のなかに、憎悪のいろが垣間《かいま》見える。全身が血に染まったような赤、暗闇に埋没したがごとき黒、二色が点滅により激しく入れ替わる。死神のように不気味な集団だった。殺意すら感じられる。

秋枝が恐怖にすくみあがっていた。「藤崎さん……」

藤崎は停車後エンジンを切った。「クルマを降りたら、まっすぐ玄関へ向かうだけだ」

「わかりました」秋枝が表情をこわばらせつつドアを開けた。「行きます」

同じく藤崎も降車した。すると赤い点滅のなかを、高齢者たちがぞろぞろと近づいてくる。コマ送りのような動きに見えた。住民らによる包囲網が急速に狭まりつつある。

トラブルの発生を敏感に察したらしく、制服警官らが住民の群れを押しとどめた。高齢男性たちはあからさまな憤怒《ふんぬ》をしめし、罵声《ばせい》とともに突破しようとした。警察官たちは行く手を阻み、たちまち小競り合いになった。

騒然とするなか、藤崎は秋枝とともに、玄関へと後ずさった。すると私服が十数人、すばやく藤崎たちを取り囲んできた。

スーツを着た刑事のなかに、顔見知りの川北はいなかった。いかにも捜査一係らしい、いかつい面々ばかりが雁首《がんくび》を揃える。角刈りの中年が身分証をしめした。「佐倉署の塚山《つかやま》です。秋枝和利さんというのは……」

「は」秋枝が動揺とともに応じた。「はい、私ですが……?」

塚山は淡々と告げた。「お隣の吉里景子《けいこ》さん、亡くなりましてね」

「いったい……なにが起きたんですか?」

「刺されたんです。一階の廊下で、刃物で滅多刺しという状態で。壁も床も血まみれでした。近所の人が回覧板をまわしに来たら、玄関の鍵《かぎ》が開いていたので入ったところ、血まみれの廊下に倒れていたとか。キッチンの流しに水が張られていて、包丁が投げこんでありました。血のついた手などを洗った痕跡《こんせき》も認められまして」

「そんな……」秋枝は激しくうろたえた。「どうしてそんなことになったんですか。午前中まではなにも……」

「落ち着いてください。近所の人に話をきくと、あなたのお名前がかならずあがるので……。話をうかがいたいんです」

秋枝の狼狽《ろうばい》ぶりは尋常でなかった。繊細な内面を知る藤崎には、やむをえない反応に思えるが、刑事たちの目には不審に映るかもしれない。

藤崎は助け船をだした。「秋枝さんは謂《いわ》れのない中傷を受けてました」

刑事たちがいっせいに視線を移してくる。塚山がきいた。「あなたは?」

「藤崎達也といいます。ここは秋枝さんの持ち家ですが、僕が借りてます」

「お友達ですか」

「いえ……。日の浅い知り合いではありました。賃貸契約はきちんと結んでます。八街駅前にある葉山不動産さんの仲介で」

「家を借りてらっしゃるあなたが、貸主の秋枝さんと一緒に外出なさってた？」

「はい。この家のことで市川にあるハウスメーカーを訪ねまして」

「なにか問題が？」

「いろいろ問題だらけですが、近隣住民とのトラブルのほうが深刻でした。佐倉署の川北さんのところにも相談に行ったばかりです」

「ほう。川北に」塚山はいったん曖昧《あいまい》な態度をしめしたが、じつはそのことを把握済みのようだった。「杉本美賀子さんと遙香さんが、この近くで消息を絶ちましたよね。別件ではありますが、そこについてなにかご存じですか」

　嫌な言い方をしてくる。周辺住民から一方的な妄言をきかされたのだろう。藤崎はいった。「母娘がこの家に入ったまま、でてこないという訴えなら、川北さんたちがちゃんと調べて問題なしとされました。軽トラが夜中にでていった件は、箪笥《たんす》を引き取りに行ったことを証明する動画を、きょうもらってきてあります」

「ふうん。それはまあ、必要なら川北のほうが担当すると思います。隣の事件についてですが……」

「僕と秋枝さんは、ずっと一緒に外出してました。午前のうちにでかけて、千葉アウトレット船橋店と、市川のドニエルズハウス本部へ行ってきたんです」

「証明するものは？」

「これはレンタカーですから、営業所がナビのGPS追跡機能をオンにしてると思います。ほかに僕たちふたりのスマホの位置情報だとか、NシステムやETC履歴とか」

「このクルマとスマホの移動履歴しかわかりませんよね。人間が一緒だったとはかぎらない」

「一般道はおもに国道と県道を通りましたから、交差点ごとの街頭防犯カメラに、運転席と助手席の乗員が映ります。商業施設や家屋の防犯カメラ、対向車や後続車のドラレコも同様です。千葉アウトレットの家具売り場主任と、ドニエルズハウスの受付、営業部課長と係長の証言もあります」

「ずいぶん気がまわるんですね」

「調査会社勤務でしたから」

秋枝が必死の形相で主張した。「僕たちがここをでるときには、近所の人たちが大勢見ていました。吉里さんも窓から見下ろしてましたし、あっちの湊さんとかも……」

塚山は訝《いぶか》しげに秋枝を眺めた。「そんなに大勢が見送ってくれたんですか」

「いえ」藤崎は口をはさんだ。「見送られたのではなく見張られてるんです。近所から話をきいたならわかるでしょう。みんな一方的にあらぬ疑いをかけてきています。ぜひ僕たちのきょうの移動履歴をしっかり調べ、裏付けをとってほしいと思います」

「そんなにぴりぴりなさらなくても」塚山は微笑した。「あなたたちがクルマででかける前は、吉里さんを含むここの全員に、なんの問題もなかったみたいですからね。その後ずっと外出していたと証明がなされれば、あなたがたにはもう、話をうかがう必要もなくなりそうです」

「そのあかつきには、僕と秋枝さんがあらゆる疑惑と無関係だと、ここの住民全員に伝えていただきたいですが」

塚山が真顔で声をひそめた。「よろしければ、なぜご近所から目の敵にされているか、そこをうかがえませんか」

「わからないから苦労してるんです。杉本さん母娘がこの家に入っていくのを、吉里さんだけが見たといいだし、ほかの住人もそれを鵜呑《うの》みにしたようです。でも母娘が消えたのはほかの八棟のどこかです」

「そう言い切るのはちょっと……。近くまでタクシーで来たということだけしか、警察でも把握できていませんのでね」

「この辺りでほかにどこへ消えられるというんですか」

塚山がまた真剣な面持ちになり、じっと藤崎を見つめてきた。藤崎も塚山から目を逸《そ》らさなかった。畑と林ばかりの僻地《へきち》にこの旧分譲地はある。ほかの家を調べる重要性も理解できるはずだ。

慎重な物言いで塚山が応じた。「そのあたりは今後、順繰りに手をつけていきます。きょうのところはこれで……」

にわかに路上が騒がしくなった。警察官の動きがあわただしさを増す。四人がブルーシートの囲いを保持し、四隅を高々と掲げながら、吉里の家からでてきた。ブルーシートのなかはストレッチャーだろう。現場から遺体が運びだされた。行く手に停まっているのは救急車ではなく、赤色灯のない大型ワンボックスカーだった。遺体搬送専用車。キャビン内はオールステンレス張りで、換気扇が付いている。ストレッチャーも載せられる構造を有する。

車体の後部ハッチが跳ねあがった。ストレッチャーの搬入されるようすが、ブルーシートの隙間からのぞいた。全身をすっぽりシーツで覆われた遺体が横たわる。

ワンボックスカーが発進すると、さっきまでの喧噪《けんそう》は鳴りを潜め、一転して沈黙がひろがった。赤い点滅のなか、生気のない顔ばかりが、依然として居並ぶ。近隣住民の大半は涙にくれている。だが哀れみよりも薄気味悪さが先行する。視線が交錯した。こちらを睨《にら》みつける高齢者の目が、また徐々に増えてくる。警察官らが威嚇するように立ち塞《ふさ》がることで、住民らはかろうじてこちらへ押しかけられずにいる。

やがてひとりふたりと、高齢者たちが自分の家へ引き揚げていった。去り際にこちらを睨みつけていく者もいる。秋枝は腰が引けていたが、藤崎は冷めた気分で地域住民らを睨みかえした。

塚山が澄まし顔でいった。「きょうはもう家でお休みになっていいですよ。お隣の災難でお騒がせしました」

激しい赤の点滅のなかで、塚山の顔はいっこうに微笑まない。しばらく目を合わせていたが、それ以上の会話はなにもなかった。藤崎は秋枝をうながし玄関ドアへと向かった。

解錠しドアを開けると、ふたりはなかへ入った。モカが嬉《うれ》しげに吠《ほ》えながら駆けだしてきた。秋枝がため息をつき、靴脱ぎ場にしゃがみこみ、そっとモカを撫《な》でた。藤崎は後ろ手にドアを閉め施錠した。

思わずつぶやきが漏れる。「最悪の事態だ」

秋枝がモカを抱きながら身体を起こした。不安げにたずねてくる。「近所の人との話し合いというのは……」

「警察があいだに入るだろうから、きょうはなにもしなくていい。ひたすら引き籠《こ》もろう」

「ですね……」秋枝が靴を脱ぎ、キッチンへつづく廊下へと向かった。「モカに餌をやらないと」

藤崎はひとりその場にたたずんだ。疲労感が押し寄せてくる。フローリングにあがるにあたり、スリッパを替えたくなった。シューズボックスを開ける。整頓《せいとん》が行き届いていない。くしゃくしゃに丸めたレインコートが床に落ちた。やれやれとため息をつき、レインコートを元へ戻しながら、スリッパをとりだした。

玄関ホールでスリッパを履き、ひとり立ち尽くす。湿ったてのひらを服にこすりつけ、宅内の静寂に耳を傾ける。女の声はきこえない。左手に和室への襖《ふすま》。右手にリビングへのドア。正面に上り階段。

鈍りがちだった思考が徐々に働きだす。なにかがひとつのかたちをとりだした。どこか悪夢のような、あるいは霊に憑《つ》かれたかのごとき奇怪さ、この家と集落の不気味さ。だがそこにひとたび論理の道筋をつけてやると、すべての見方が変わってくる。

藤崎は静かにつぶやいた。「そっか」

16

翌朝も上空は厚い雲に覆われていた。午前九時半、まだ雨は降っていない。けれども遠雷は響く。地鳴りのような音にモカがいちいちびくつく。臆病《おくびょう》なのは飼い主の影響だろうか。

藤崎はパッソのキーを手に、ひとり外へでた。もういちどドニエルズハウス本部へ行ってみると秋枝に伝えてある。

生活道路には誰もいなかった。隣の家にはまだ規制線が張ってあるが、警察官の姿はない。路上に一台のパトカーもいない。

殺人事件の現場はこんなものだ。鑑識が証拠収集を終えれば、もう現場保全の必要なし。被害者がひとり暮らしだった場合、こうしていちおう黄いろいテープが維持される。だが家族がいれば、さっさと規制解除になったりもする。こんな田舎においては、夜通し警察官が立つこともない。どこも人的資源は不足しがちだ。

鳥が飛来している。往来のない生活道路に降り立ち、堂々と羽を休める。黒々とした身体でうろつき、独特の鳴き声を響かせる。あたかも人の死を嗅《か》ぎとったかのようだ。

藤崎はパッソに乗りこんだ。エンジンをかけ発進させると、付近の家の窓に、高齢者らの顔がのぞいた。斜め向かいの二階の窓から、湊が冷ややかな視線を投げかけてくる。藤崎はかまわずクルマの速度をあげた。

人など絶対に埋められない雑木林のわきを抜け、幹線道路を市街地方面へと走りだす。市川まで行くなら佐倉インターをめざすべきだが、藤崎は進路を変えた。八街駅前の葉山不動産へと向かう。

狭い店舗兼事務所に葉山はいた。ニュースをきいたらしく青い顔をしている。関わりを避けたがっているのは明白だった。藤崎は葉山に、市内の格安物件の図面を見せてくれるよう頼んだ。ずっと前から売れ残ったまま、あるいは最近売れてしまった一軒家。それらの図面に次々と目を通した。

滞在時間はさほどでもなかった。葉山に礼をいい、藤崎は店をあとにした。ふたたびパッソに乗ると、来た道を引きかえした。

いま瑕疵《かし》借りとして住む家を含む、九棟が寄り集まった旧分譲地。藤崎はそこへ戻ってきた。宅地の谷間の生活道路に差しかかる寸前、クルマを道端に寄せて停まった。そこで車外にでると、歩きで家へと帰っていった。

玄関ドアを解錠し、なかに入る。モカが尻尾《しっぽ》を振りながら駆けだしてきた。階段からゴトゴトと重い音が響いている。藤崎は靴を脱いであがると、階段を上っていった。

踊り場をまわったとき、二階へ到達する寸前の階段に、秋枝の背があった。なんと秋枝は大きな仏壇を支えていた。ひとりでここまで運びあげたらしい。全力で持ちあげ、わずかに底を浮かせては、一段上にずらすのを繰りかえしてきたのだろう。もちろん狭い踏板に仏壇の底は載りきらず、常に手前側を支えていなければならない。あと二段というところで息切れしているようだ。

藤崎はあわてて駆けあがった。「なにしてるんだよ」

「あ、藤崎さん」秋枝は仏壇を支えながらきいてきた。「市川へ行ったんじゃないんですか」

「葉山不動産だけ行ってきた」藤崎は仏壇の側面に両手を這《は》わせ、秋枝と一緒に支えるべく力をこめた。「これ、下からここまでひとりで運びあげた?」

「そうです。二階の和室に置いたほうがいいかと思って」

「なんでまた……」

「あの押し入れの床板を張り直さないと暖房効率が悪いんです。いったん押し入れからずらしてみたけど、畳が凹《へこ》むのも嫌だし、かといってほかに置き場もないし」

「だから和室のある二階へ移そうとしたのか。まったく後先考えずに行動する……」

「すみません。始めてから後悔したんですけど、もう数段あがった時点で引きかえせなくなって」

「ここまであげただけでも偉いよ。苦労したろ？」

「そりゃもう……。一段ずつ満身の力をこめて臨みました」

「ならあと少し、ふたりがかりならなんとかいけそうだな。やってみよう。せえの」

藤崎は秋枝とともに仏壇を持ちあげた。かなりの重さだ。仏壇と階段を傷つけまいとすれば、慎重にならざるをえなくなる。それでも一段上にはなんとか移せた。この動作をもういちど繰りかえすだけでいい。

気を抜いたとたん、仏壇が滑り落ちてくるのは目に見えている。楢《なら》の木は重い。ふたりは力を合わせ、必死で仏壇の底を浮かせた。ようやく仏壇が二階に達した。

階段の下り口ぎりぎりのところに仏壇が鎮座した。このまま放置するのは危ないが、とりあえず手を離せる状態にはなった。藤崎はため息まじりにいった。「ここに古い毛布でも敷いとけば、和室まで廊下を滑らせていけたのに。これじゃまだ苦労がつづくよ」

「あー、そうですね……」秋枝が情けない顔になった。「申しわけありません。気がつかなくて」

「軽トラで箪笥《たんす》を運んできたときの毛布は？」

「埃《ほこり》まみれで汚かったので、もう捨てちゃいました。あれで仏壇を覆っちゃ、たぶん罰があたりますよ」

「そうだな……。でもあれは埃っていうより土だよ」

「土？」秋枝が目を丸くした。「どういうことですか」

藤崎は黙って階段を下りだした。踊り場をまわり、一階へと降り立つ。襖を開け、平屋部分の和室に入った。

切れかかった蛍光灯の光は弱く、部屋のなかはあいかわらず薄暗い。押し入れの襖が外してある。仏壇をどかしたため、なかは空っぽになっていた。縁の剝《は》がれたベニヤの床板が浮いている。室内の畳には新品の金槌《かなづち》や釘《くぎ》、接着剤が置いてあった。

秋枝が追いかけてきて入室した。笑いながら秋枝がいった。「なんとか修復できないかと思いまして」

「これらの工具類はいつ買った？　けさは僕がクルマを使ってたのに」

「通販ですよ。アマゾンで届きました」

「きょうじゃないよな。前からこの和室に置いてあったアマゾンの箱だろ。押し入れの床板が壊れてるのを知ってたのか？」

「いえ……。ほかの場所に使うつもりでしたから」

「金槌、釘、この接着剤は木材用。ここに特化しすぎだろ」

秋枝が困惑のいろを深めた。「藤崎さん……？　どうされたんですか。ここは僕の持ち家だし、それなりに売るにあたって、コストをかけず修復したいだけですよ」

「この下にいるよな。小幡哲さんの元妻子、杉本美賀子さんと娘の遙香さんが」

17

遠雷が重低音を響かせ、家を小刻みに振動させる。一階八畳の和室に藤崎は立っていた。同じく立つ秋枝と向かい合う。

「はい？」秋枝の顔にはまだ笑いがとどまっていた。「なにをいってるんですか」

蛍光灯の寿命は尽きようとしている。明度がさらに落ち、数秒経ったのち回復する。不安定な脆《もろ》い光が、かろうじて八畳一間を照らしつづける。そこに浮かぶ秋枝の笑顔は不自然きわまりなかった。表情筋だけで笑っている。目はまったく細くならない。

藤崎は廊下に面した襖《ふすま》に顎《あご》をしゃくった。「仏壇を運びだして、わざわざここを閉めたのか」

「そりゃあ……。暖房効率が悪いといったじゃないですか」

「僕が市川へ行ったんだから、しばらく戻らないと踏んだんだろ？　仏壇をどかすならいまのうちだと思ったんだよな。ところが予想外に早く戻ってきた。内心苛立《いらだ》って当然だ」

「あの、藤崎さん。さっきからいってる意味がわかりません。たしかに藤崎さんの迷惑にならないよう、いまのうちに作業しようとは思いました。親切な藤崎さんならきっと、一緒にやろうといってくるので、手を煩わせるのは恐縮で」

「理由はほかにあるだろ。前に仏壇をずらそうとしたとき、畳の上に落ちた衝撃で大戸が開いた」

「それがなにか……？」

「重曹水を拭《ふ》きとった白い痕《あと》が見てとれた。僕がまだ気づいてないと思って、気づかれる前に上へ運びあげたかった。二階の和室はコウモリが飛びまわったせいで閉め切りになってる。そこへ置けばもう僕が触れないと思ったんだよな。むろん押し入れの床板も塞《ふさ》ぎたかった」

「重曹水って？　そんな物うちには……」

「とぼけるな。水に重曹を少量いれ、よく振って混ぜるだけだ。拭いた痕を見ればごく最近だとわかる。ここ数日中だと」

「なんにしても僕が掃除するのは不自然じゃないでしょう」

「前は僕もそう思った。でもいまはちがう。ただきれいにするためじゃなく、仏壇に残る線香のにおいを消すためだな。僕が最初にこの部屋に入ったとき、あきらかににおいがした。つい最近まで線香が焚《た》かれていた。僕が住むようになって、あなたはそのままじゃまずいと気づいた」

「線香なんて……。僕はこの家を買って三か月だし、それ以前はずっと誰も住んでいなかったんですよ」

「だから線香を焚いたのはあなたしかいない」

「なんで線香なんか……。仏様の魂を抜かれた仏壇でしょう。なにを供養しようというんですか」

「線香ってものは、もともと死臭を消すためにあった」

静寂のなかに遠雷が轟《とどろ》く。徐々に大きくなり、また家を揺さぶる。建材の継ぎ目が擦《こす》れ合い、そこかしこで音を立てる。モカの鳴き声が近づいてきた。襖の向こうで飼い主を呼びつづける。

秋枝がぎこちない笑顔を保ち、襖へと向かいかけた。「どうかしてますよ」

「とまれ」藤崎は警告した。「襖を開けるな。モカと戯れてる場合じゃない」

ため息をついた秋枝が藤崎に目を戻した。「藤崎さん。僕があなたに家を借りてもらったのは、瑕疵《かし》借りとして問題を解決してほしかったからですよ」

「だから解決しようとしてる」藤崎はあくまで冷静につづけた。「さっき葉山不動産で売り物件を見てきた。築三十年を超える格安の中古戸建ては、どれもこれも布基礎ばかりだった。床下点検口を開ければ地面が見える。家の下は一面の土だ」

「それが？　ここはちがいますよ」

「なぜこの家だけがベタ基礎？　当時としちゃ贅沢《ぜいたく》な工法になる。格子や網で塞ぐべき口を塞いでない、がさつな施工なのに。秋枝さん、わざわざベタ基礎を選んだんだろ。図面をじっくり見て、家もパネル工法だし、いい物件だと判断した」

「……家を買おうとしてるんですから、もちろん良好な物を選びますよ」

「ベタ基礎を知ってたんだな。僕が床下点検口を開けたときには、なにも知らないふりをしてたけど」

秋枝はしばし沈黙した。半ばあきれたような表情をのぞかせる。そんな顔をする秋枝は初めてだった。「ねえ藤崎さん。誰だって相手が得意がっていれば、花を持たせてあげようと思うでしょう。上機嫌でいてくれたほうが、仕事にもやる気がでるだろうし」

「当初のあなたは、床下について考えたこともないと強調したがってた。でも家を借りるだけならともかく、買おうってのに無知すぎる。商社勤めのサラリーマンなのに」

「……ええ。ベタ基礎と布基礎のちがいぐらいわかってましたよ」

「というより、図面にはベタ基礎とあっても、本当はそうじゃないってことまで、のちに気づいたよな」

図面の表記はベタ基礎。しかし同じころに建ったほかの家の、多くが布基礎だったにもかかわらず、ベタ基礎となると稀《まれ》だ。あの図面は原本が紛失し、どこかの不動産屋が作成した。床下を見てベタ基礎だと勘ちがいした。あるいは真実に気づいていたが、物件を少しでも魅力的に見せようとして、わざとまちがったままにした。

藤崎は床に目を落とした。「この家の基礎には、たしかに全面コンクリートが打たれてる。そのように施工された。でもベタ基礎じゃなかった。ただの防湿コンクリートだ」

布基礎にもかかわらず、土から湿気があがってくるのを防ぐため、地面をコンクリートで固める。それを防湿コンクリートという。構造上強くなるわけでも、荷重に耐えられるわけでもない。床下を見ただけでは、ベタ基礎との区別は容易ではない。

「盲点だった」藤崎はつぶやいた。「ベタ基礎なら床版も厚さ十五センチの鉄筋コンクリートで、けっしてぶち抜けない。だけど防湿コンクリートなら、住宅金融支援機構の設計基準で、無筋の厚さ六センチと定められてる。建築基準法には指定がないから、もっと薄くても問題視されない」

秋枝の声が低くなった。「それがどうしたっていうんですか」

「床下は堅牢《けんろう》な密室じゃなかった。無筋で六センチ以下のコンクリートなら簡単に壊せる」

「どこも壊れてなかったじゃないですか」

藤崎は押し入れに歩み寄った。秋枝も落ち着かないようすで距離を詰めてきた。ふつうならありえないほど身を寄せてくる。藤崎は押し入れの前でしゃがんだ。浮きあがったベニヤの床板をつかんで持ちあげる。

金庫の支えだったとおぼしき、約五十センチ四方のコンクリート壁が、床下に現れた。その正方形の底にもコンクリートが打ってある。少なくともそう見える。藤崎は立ちあがると、正方形の底の隅を蹴《け》りこんだ。すると底板が斜めに傾き、対角線上に逆側の隅が浮いた。そこに手を挿しいれ、ぐいと引きあげた。

約五十センチ四方の薄いコンクリート板が、底にはめこんであるにすぎなかった。その下は土だった。

板を裏がえしてみる。漆喰《プラスター》が塗ってあった。におい消しの効果がある。

藤崎は鼻を鳴らした。「古いコンクリート板について、サイズ指定のとおり加工してくれるサービスが、千葉のホームセンターには少なからずある。これもそうだろ。表面は経年劣化の色合いになってるけど、縁の切断面は新しい。ほかで古いコンクリート板を買って、ここに合うよう加工してもらったんだな」

「だとしたらなんですか」秋枝が真顔になった。「暖房効率が悪いと何度いわせるんですか。下が土なら虫が入りこまないかも気になる。そこだけコンクリートが張ってなかったから、板で塞いだうえで、ベニヤも補修しようとした。なにが悪いんですか」

「こうして板を外せば、本来の床版《スラブ》をぶち抜いた痕跡《こんせき》がある。ツルハシかなにかを使ったんだろ」

「正直にいいます。割れてたんですよ、コンクリートの底が。だから板を買ってきて塞いで……」

「ならどうしてそのときにベニヤ板も直さなかった？　案外においがきつくなってきた場合、もういちど掘りかえさなきゃいけないから、ひとまず仏壇を上に載せておいただけだろ。におい消しのために線香を焚いて」

「掘りかえすってなにを？」

「杉浦美賀子さんと娘の遥香さん。小幡哲さんの元妻子。このなかに埋まってる」

秋枝の顔が凍りついた。動揺のいろはない。目つきは冷やかだった。蛍光灯の明滅の間隔が狭まってきた。部屋のなかの濃淡はせわしなく変化していた。

藤崎は間近で秋枝と向き合った。「三か月前、あなたがこの家を買ったときには、ただ純粋に地方移住を考えてた。でも小幡哲さんがモカを奪ったと信じてしまった。猛烈な失意にとらわれるうち、復讐《ふくしゅう》への願望が募った。けれども哲さんはもう死んでる。代わりに別れた妻子を同じ目に遭わせてやろうとした」

唸《うな》るように秋枝がつぶやきかえした。「冗談いっちゃ困ります。どこの誰だかわかりもしないのに」

「調査会社にいた僕にそんな嘘は通用しない。モカの行方を知りたいといって、経緯を打ち明ければ、いわゆるペット探偵でも哲さんの身内を探してくれる。探偵業者には守秘義務があるから、調査したことは公にならない」

「僕がふたりを呼びだしたというんですか」

「哲さんの知り合いだから、生活に困らないぐらいのお金を渡したいとか、美賀子さんに連絡したでしょう。母娘が失踪《しっそう》したのは、借金とりから逃げまわっていたためと想像できる。その時点でもうあなたから彼女に、いくらか送金してやったんだろ？　美賀子さんはあなたを信用し、娘を連れてタクシーでこの近くまで来た」

家の前にタクシーを横付けさせなかったのは、近隣住民がゴミの不法投棄に悩み、クルマの音に敏感になっていたからだ。のみならず隣の吉里が認知症で、理不尽に怒りっぽくなっていた。母娘はこの家まで歩いてきたが、吉里だけがそのようすを目撃した。

藤崎は断言した。「あなたはふたりを家にあげたうえで殺した」

「……で」秋枝が居直るようにきいた。「夜中に軽トラで捨てにいったって？　藤崎さん。それより二週間も前のことですよ」

「あなたが捨てにいったのは土だ。この床下を掘ったときに土がでた。母娘と同じ体積ぶんの土については、ふたりの死体を埋めたあとも残ってしまう。だからそのぶんをあらかじめ捨ててきた」

使い古しの寝袋ふたつに、母親ひとりと娘ひとり、ちょうどそれぐらいの量の土を詰めこんだ。この和室内にはビニールシートを敷き、残りの土を山盛りに残しておいた。それらは死体を埋めるときに必要だった。

ふたつの寝袋は、だいたい母娘の大きさに膨らんだ。それだけに軽トラの荷台に横たえたとき、大人と子供が寝ているようにも見えた。少なくとも近隣住民はそう思いこんだ。雑木林には木々が密集し、根もびっしり張っていて、けっして掘り起こせない。だが土を捨てるだけなら造作もない。

たったそれだけの作業にしても、秋枝は理由づけを考えていた。数枚の毛布は荷台に広く延ばし、ビニールシートの下に重ね敷きしてあった。あるいはまとめて助手席に積んでおいたのだろう。千葉アウトレット船橋店に着く前に、それら毛布を寝袋に詰め直した。あの防犯カメラの録画映像で、秋枝が毛布をひろげて振ったとき、埃《ほこり》が土煙のように舞った。しかしあれは本当の土煙だった。

母娘の殺害については、血を飛散させないため、首を絞めたと考えられる。床下五十センチ四方の内側、深く掘った縦穴にふたりを放りこみ、残りの土をかぶせて埋めた。和室に敷いたビニールシートは、スコップやツルハシなどと一緒に、のちに軽トラに積んででかけた。レンタカー営業所への返却前に、どこかに捨ててきた。

藤崎は秋枝を見つめた。「吉里さんは認知症を患う前から、住民たちの信頼を得ていた。最近では吉里さんにかぎらず、住民はみな高齢で認知症ぎみで、目撃した記憶について前後不覚に陥りがちだった。でも皮肉にも誰もが真相に近いことを語っていた」

「どうかしてますよ」秋枝は怒りのいろを漂わせた。「僕はこの家を売ろうとしてたんですよ。死体を埋めるわけないじゃないですか」

「売ろうとしてるとあなたが話しただけだ。本当は手放す気なんかなかった。ここに住む必要もない。あなたの土地だし、あなたの物件だ。放置しておけば床下など掘り起こされる心配もない。でもしろうとのあなたは、埋葬の死体がにおいを放つかどうか、まったくわからなかった。ネットで調べても情報はまちまちだ」

海外の埋葬においても、浅く埋めた場合はにおいが上ってきてしまう。死体にかぶせた土がにおいを遮断するかどうか怪しかった。だから線香を焚《た》くにとどめ、床板を完全には塞《ふさ》がず、しばらくようすをみることにした。

藤崎は視線を落とした。「都内へ戻ったあなたは、モカが無事だったうえ、小幡哲さんの本当の性格を知った……。激しく後悔しただろう。けれどもその後は罪を逃れようと、嘘に嘘を重ねた」

秋枝が憤然と顔をそむけた。「馬鹿げた妄想ですが、吉里さんが刺されたことまで、僕のせいにはしないでしょうね」

「あなた以外にいないだろ」

「僕たちはふたりともクルマででかけたんですよ。出発したとき吉里さんは、二階の窓からこっちを見てて……」

「あなたがそういっただけだ。僕は見てない。ほかの高齢者なら目にしたが、吉里さんは知らない。僕に運転させたのはそのためだろ。よそ見をしないようにして、あたかも吉里さんがいたように吹きこもうとした」

「なんで僕が吉里さんを……」

藤崎は遮った。「僕が屋根に登って煙突を見にいったとき、路上で吉里さんが怒鳴った。床下が怪しいと。僕は怒鳴りかえした。ベタ基礎だから掘りかえしたりもできない、そう伝えた」

あのあと沈黙があった。路上の高齢者らは、不条理な憤りにとらわれているかと思ったが、そうではなかった。

湊の話によれば、この辺りで最初に住み始めたのは吉里だ。彼女は隣の家の建築が始まるころから、工事のようすを見ていた。ベタ基礎ではなく布基礎、ただの防湿コンクリートなのを知っていた。

秋枝が藤崎にベタ基礎だと信じさせている、吉里はそこまで気づいたのかもしれない。だがバルコニーにいた秋枝のほうも、吉里の怪訝《けげん》な表情を目にとめた。

屋根を下りた藤崎はシャワーを浴び、脱衣室で着替えた。そのあいだ秋枝はひとりきりだった。彼は吉里の家を訪ねたのだろう。押し問答になってから頭にきて刺したのか、最初から刃物を携えていったかはわからない。とにかく口封じのため殺害した。あのとき外は雨だった。秋枝はレインコートを着ていった。水を張ったキッチンの流しに包丁を投げこみ、返り血もそこで洗った。

高齢者らがいったん路上から去ったのを見計らい、秋枝はこの家に戻ってきた。脱いだレインコートを丸め、取り急ぎシューズボックスに押しこんだ。

だが藤崎が玄関に来てしまった。秋枝は靴脱ぎ場にたたずんでいた。でかけるのを予想していたとごまかし、秋枝がウェブカメラのスイッチをいれた。録画はあのときから始まったから、それまでのようすは記録されていない。

ふたりででかけることになり、レインコートは放置された。帰ってきたら秋枝はこっそりレインコートを処分するつもりだったのだろう。しかし警察が大勢詰めかけ、ふたりは逃げるように玄関へ飛びこんだ。その場にとどまったのでは怪しまれると思ったらしく、秋枝はモカに餌をやるといってキッチンへ向かった。藤崎がただちにシューズボックスを開けることはない、そう踏んだにちがいない。

スリッパを履き替えたくなった藤崎は、シューズボックスを開けた。くしゃくしゃになったレインコートが転げでた。それを拾って押しこむときには、まだなんとも思わなかった。だがてのひらが濡《ぬ》れた。冬場にほんの半日では乾かない。誰かが雨のなかに着てでたか、洗ったか。そこから徐々に事実が判明してきた。

藤崎はいった。「水に放りこんだ包丁からは、指紋や汗が流れ落ちてしまっただろう。でもレインコートは僕が確保した。返り血が見えないていどに洗ったとしても、鑑識が血液成分を検出できないと思うか？　吉里さんのDNA型もきっとあきらかになる」

秋枝が首を横に振った。「病気ですよ。女や少女の声をきいたとかいってましたよね。心療内科を受診なさるべきじゃないですか」

「女の声ならあなたもきいたろ」

「いいえ。話につきあってあげただけです。ベタ基礎と同じです。あなたが正気を失いつつあるとは感じてましたが、責めたくもなかったので」

「いま警察を呼んで、そこの土を掘り起こしてもらえば、なにもかもあきらかになる」

「そんなことは許しません。僕の持ち家ですから」

「スマホを寄越《よこ》しなよ」

「なぜですか」

「ここへ来た母娘の声を録音したろ。音声ファイルを細切れにして、スマホのアラームに設定したな。洋室1の西の壁、背の高い書棚の上にスマホを置いて、数分後に音声を流した。位置的に平屋部分と接続する天井、煙突からきこえたとみせかけるために。スマホで通話中は、ほかにICレコーダーかなにかを用いた」

「つくづくあきれる。なんで僕がそんな小細工をするんですか」

「屋根に登る奇行を近隣住民に見せることで、あなたでなく僕が疑われるようにしたかった。周りの猜疑《さいぎ》心《しん》を徐々に僕へ向けさせるのが狙いだった。ひとりじゃ立場が悪くなると考えたあなたは、誰かを同居させたかった。それが僕になったんだ」

「僕がどうしてあなたに住んでもらってるか、もう忘れたんですか。近所に疑われてるからあなたを頼ったんですよ」

「近隣住民が新参者の僕を疑いだし、僕のほうも謂《いわ》れのない中傷と感じて反発する……。争いが大きくなっていけば、僕は近所への対処に追われる。蚊帳《かや》の外に置かれるあなたは、ひとり行動の自由を得る。そうなりかけてた。僕が近所を一軒ずつ調べ始めたら、あなたはひそかに動きだすつもりだった」

「ひそかに……なにをするっていうんですか」

「ここのにおいをたしかめ、悪臭がいっさいなければ床板を塞ぐ。そうでなければ死体を別の場所に移す必要がある」

いずれにせよ秋枝は当初、ひとり住まいの家なら邪魔が入らない、そう高《たか》をくくっていた。だが近所による監視の目が厳しさを増す一方になった。ゆえに反撃要員をけしかけねばならなかった。藤崎はその雇われ尖兵《せんぺい》だった。

遠雷がずしんと響いた。少しずつ接近しているようにも感じる。モカが怯《おび》えきっているらしい。襖《ふすま》の向こうでさかんに吠《ほ》えまくる。

藤崎は手を差しだした。「スマホを渡せ。ロックを解除してからな」

秋枝が無表情に見かえした。「拒否したら？」

「警察を呼ぶ。土を掘ってもらう」

「大家は僕だといってるでしょう」

「でもいまは僕が借りてる。賃貸契約で僕の住まいだ。あなたにでていけという権限すらある」

「僕が消えれば満足ですか」

「本当はいてもらわなきゃ困るが、邪魔するぐらいならいったんどこへでも逃げればいい。レインコートを警察が分析すれば、すぐに指名手配になる」

小さなため息を秋枝は漏らした。「瑕疵《かし》借りか。気楽な商売だよな。いつも他人ごとだ。家族を亡くした辛《つら》さなんか、あんたにわかるはずがない」

タメ口をきくようになったのは本音の証《あかし》だろう。藤崎は詰問した。「同じく元妻子を亡くした小幡哲さんの辛さは、あんたに理解できないのか」

「あれがどんな人かわかったときには遅かった。当初は憎むしかなかった。家族を失った俺にとって、唯一の心の支え、モカを奪ったんだぞ」

「だが帰ってきた。あなたは過ちを犯したんだ。潔く罪を認めて償え」

「俺の心の痛みがわかるか！　やりかえしたくても相手が死んじまってた」

「だからといって元妻と娘を殺して、自分と同じ苦しみをあたえるのか。誰に？　哲さんのさまよえる魂にか？」

秋枝が顔面を紅潮させた。「無職も同然の風来坊が、わかったような口をきくな。俺のなにが理解できるっていうんだ！」

藤崎はかっとなった。「あんたがどんな人間か理解できてるとも。人殺しだろ？　遙香さんの首を絞められたような呻《うめ》き声。あんな録音を残しておくなんて正常じゃない。あんたこそ病院の世話になるべきなんだ。妻子を失ったことには同情する。モカが一時いなくなったのも辛かっただろう。だが気づけよ。あんたの思考はまともじゃなくなってる！」

いままで何度かあったように、秋枝は目に涙を溜《た》めていた。ちがうのは理性が完全に消し飛んでいることだ。感情を暴発させ秋枝がわめき散らした。「おまえになにがわかる！　眞美と颯真は黒焦げになった。交通事故で焼死体と化した。あれはもう人じゃなかった。ただの炭だ。どいつもこいつも、ひとりになった俺から、なにもかも奪おうとしやがる。モカを奪うんじゃない！」

「モカなら帰ってきてる！　あんたの勘ちがいだった」

「勘ちがいさせるほうがいけないんだろ！　獣医に診せるからって、勝手に連れ去るなよ！　手術で死んじまったらどうするつもりだ。俺はモカを離さない。誰にもやらない」

「逮捕されたらそれは無理だ」

秋枝は愕然《がくぜん》と目を瞠《みは》った。大粒の涙を滴らせ秋枝はわめいた。ふいに藤崎の前から駆けだし、廊下への襖を開け放った。泡を食ったような挙動をしめす秋枝が、吠えるモカを抱きあげようとする。だがモカは階段のほうへ逃げだした。

藤崎は秋枝を追い玄関ホールへとでた。秋枝がモカをつかまえたが、藤崎は玄関側に立ち塞《ふさ》がるかたちになった。

血相を変えた秋枝が、モカを抱いたまま身を翻した。キッチン方面への廊下に逃走しかけたため、藤崎はリビングへのドアに手をかけた。秋枝がじれったそうに静止した。廊下へ走りこめば、藤枝もリビングからダイニングへとまわりこんでくる、そう予測したのだろう。事実として秋枝が藤崎をやりすごし、玄関のドアへ突進するのは難しい。

互いに牽制《けんせい》しあうこと数秒、秋枝は階段を駆け上りだした。そこしか逃げ道がないと判断したようだ。二階のバルコニーからは、なんとか地上に飛び降りられる、きのう秋枝はそういった。事実だ。手すりの外側にぶらさがったうえで、かろうじて脱出できるよう、防災上安全な高さに設定されている。

藤崎は秋枝を追うべく階段を駆け上った。だが踊り場をまわったとき、また遠雷の重低音が家を揺るがした。

　信じられないものをまのあたりにした。行く手に秋枝の後ろ姿を見上げる。秋枝は立ちすくんでいた。仏壇に前方を塞がれている。のみならず仏壇がいまの振動により、わずかに手前にずれたらしい。重心が傾き、ゆっくりと倒れてきた。

　秋枝が絶叫とともにのけぞった。その腕からモカが放りだされた。モカは階段を駆け下りていく。重い仏壇がきしみながら秋枝の眼前に迫った。耳障りなノイズにあらゆる音いろが混在する。

　う……うう。少女の呻き声も交ざっていた。はっきりそんなふうにきこえた。

　藤崎は階段を踏み外し、転げ落ちるも同然に、あわてながら駆け下りた。落下してきた仏壇が、真正面から秋枝にぶつかった。踊り場をまわったうえでなおも落ちてくる。すさまじい騒音が奏でられる。地震のように家が揺れた。モカの甲高く吠える声が耳に届く。藤崎は玄関ホールから靴脱ぎ場へと滑りこんだ。

　最後にもういちど突きあげる震動が襲い、それっきり静かになった。藤崎は身体ごと伏せていた。顔をあげると、辺りは埃《ほこり》だらけだった。

　玄関ホールに仏壇が横たわっていた。立派な大きさを誇る仏壇が、大戸を上にしている。やはり樒の木は重い。背はほとんど床面から浮いていなかった。

フローリングに黒ずんだ液体がひろがり、靴脱ぎ場にまで滴り落ちてくる。大量の血だとわかった。

モカは仏壇のわきにいた。クウンクウンと声をあげる。しきりに鼻を近づける先に、秋枝の片手だけが突きだしている。仏壇の下に、人体が原形を保っていられるほどの隙間は、もはやなかった。

藤崎は靴脱ぎ場にへたりこんだ。目の前で横たわる仏壇を、長いこと眺めた。無残なほど痛ましい。憐憫《れんびん》とも虚無ともつかない、涙ぐましい心情だけにとらわれる。いましがた耳にした声はなんだったのだろう。スマホの録音データが再生されたとは思えない。幻聴なのか。そう思いたい。理外の理など信じたくない。さまよえる魂など、あまりに哀れではないか。

18

多摩川《たまがわ》の河川敷に降り注ぐ陽射しは、晩春のものとは思えない。もう初夏の陽気を帯びている。木々が若い葉の香りを漂わせる。どの緑も原色に近い淡さに輝く。これから梅雨が来れば、水をたっぷり吸った葉は、たちまち濃くなってしまうだろう。この爽《さわ》やかさはいましか目にできない。

パーカー姿で散歩する日常がある。藤崎は川面《かわも》を眺めた。瑕疵借りとして住むアパートの部屋はこの近くだ。事故物件がよからぬ噂を立てられなくなるまで、それなりに長く住む必要がある。瑕疵を軽減できるような秘密を嗅《か》ぎつけたのなら、それを白日のもとに晒《さら》すことで、仕事の期間を短縮できる。

ずっとなにも変わらない。いままでもどこかに住んで、同じように暮らしてきた。今後もしばらくはそうだ。人は誰かの役に立つことで、生きる権利をあたえられる。たとえ単なる賃借人の引きこもりでしかなかったとしても。

土手の上を車道が走る。一台のクルマが停まる音がした。高級車らしきドアの開閉音が響く。誰なのか察しはついた。人には遅れるなといっておきながら、自分はずいぶん時間にルーズだ。

靴音が草むらを踏みしめ、河川敷へと下りてきた。土橋の声が呼びかけた。「いいところだな。たまには伊勢佐木町の辛気くさいバーから抜けだすのも悪くねえ」

藤崎は振りかえった。スーツ姿の四十代、見てくれだけはサラリーマン風の土橋が歩み寄ってくる。内ポケットから封筒をとりだした。それを差しだしてきた。

受けとった封筒はわりとかさばっていた。藤崎はささやいた。「仕事が終わってないのに、報酬は早くありませんか」

「ふたつ前の仕事だよ」土橋は両手をポケットに突っこんだ。「八街のだ」

「……依頼人が死亡したのに、誰が支払ってくれたんですか」

「葉山不動産だ。あの家を更地にして、土地が売れたってよ。隣の土地と一緒にな。地番を合筆して、一個のでかい宅地とすりゃ需要が増す。たとえそれぞれの家に死人がでていようとな。少しリーズナブルなぶんお買い得だ」

あの辺りの人里離れた風景を思い浮かべた。土地が有り余っているように見えるものの、インフラが行き届いた分譲地はわずかしかない。そこに二倍の広さの宅地が空いた。建物が残っていれば薄気味悪がられるが、更地ならさほどでもない。安くて広めのマイホームをほしがる家族にしてみれば、陰惨なニュースも過去の伝聞にすぎない。

とはいえ近所と仲良くやれるかどうかは別問題だった。新参の住民は、あの高齢者ばかりの自治会に馴染《なじ》むだろうか。ほんの数日間住んだだけの瑕疵《かし》借りが案じることでもないが。

土橋が涼しい顔を川に向けた。「玄関のシューズボックスの上に、ウェブカメラが置いてあったのは幸いだったな。仏壇の転落が事故だと証明された」

「誰かいたんですよ」

「なに？」

「少女の声をききました。それ以前に母親の声も」

沈黙があった。土橋が苦笑に似た笑いを浮かべた。「奴のスマホから音声ファイルがでてきたってな。基礎の下に埋まった母娘。レインコートから検出された血液。おまえみたいな有能な男を、トカゲの尻尾《しっぽ》切りにせずに済んだ」

「労をねぎらってくれてるんですか」

「まあな」土橋は藤崎の足もとを見下ろした。「おまえ、散歩はひとりきりがいいとか、前はそういってなかったか」

藤崎は視線を落とした。ずっと自分の右手にリードの端がある。小型犬のモカが寄り添うようにうろつく。つぶらな目で藤崎を、次いで土橋を見上げた。

遠くの鉄橋を電車が通過していき、微音をリズミカルに響かせる。藤崎はつぶやいた。「いま住んでる物件がペット可なので」

「そうじゃない物件がまわってきたらどうする？　こっそり飼うのか？　それとも保健所にやるか？」

またモカと目が合う。藤崎の胸の奥底に、もやっとした感情が湧き起こる。土橋の遠慮のない物言いには、ときおり苛立《いらだ》ちがこみあげてくる。

藤崎は首を横に振った。「保健所には渡しません」

「そっか」土橋はどうでもいいといいたげに踵《きびす》をかえした。「好きにしな。だが瑕疵借りにまわってくる仕事は断るなよ」

「土橋さん」

「あん？　なんだ」

「身内を失ったら……。ひとりきりは嫌ですよね」

眉《まゆ》をひそめ土橋が見つめてくる。やがて鼻を鳴らすと、土橋は後ずさりながらいった。「ひとりのほうが瑕疵借りには好都合だろ？　じゃ、またな」

背を向けた土橋が斜面を上っていく。いま土橋の脳裏を少しでも、家族のことがよぎっただろうか。土橋にはありえないかもしれない。どんな人間に向き合おうが、誰ひとり人間だとは思わない。それが土橋にとっての仕事のスタイルだった。

足首に軽くなんらかの感触をおぼえた。見下ろすとモカが鼻の先で、藤崎のくるぶしのあたりを押していた。

仰ぎ見るモカのつぶらな瞳《ひとみ》を、藤崎はじっと見かえした。するとモカは尻尾《しっぽ》を振りだした。

藤崎はそっと手を伸ばし、モカの背を撫《な》でてやった。「わかった。帰って飯にしよう」

リードを持った片手をポケットにいれ、藤崎は歩きだした。モカが嬉《うれ》しそうに、足もとにまとわりつきながら、藤崎の歩調に合わせるべく併走する。子供のはしゃぐ声をきいた。河川敷で児童の群れがボール遊びをしている。ほかにも犬を散歩させる飼い主を見かける。また電車の音がきこえた。吹きつける風の強弱により、耳に届く音も変化する。

瑕疵借り。無職同然の引きこもりのくせに、いちおう事故物件の再生に役立つ。つまらない自尊心を満たす仕事。それでもなにもしないよりはましだった。生きているうちに人は世に尽くす。やがてそんな世にいられなくなる日が来る、そうわかっていても働きつづける。いずれ命は失われる。人はみな退去のときを迎えるまでの賃借人でしかない。

解説

青《あお》木《き》 千《ち》恵《え》（書評家）

　ふだん暮らしている「家」は、安らげる場所だろうか。家は不思議な存在で、短く暮らしただけでも、間取りや、家で目にした光景を、あとあとまで覚えてしまう。住んだ家は、退去したとたんに「過去」となる。自分にとっては過去でも、建物は残る。

　本書は、二〇一八年に刊行された『瑕疵借り』（講談社文庫）の続編にあたる長編小説だ。「瑕疵《かし》」とは、きず、欠点、欠陥のこと。不動産業界では、取引する物件になんらかの欠陥があることを「瑕疵」と言う。床の傾きや雨漏りなどの「物理的瑕疵」、事故や火災が起きたり、前の住人が自殺や他殺で亡くなったりして、借主・買主に心理的な抵抗が生じる「心理的瑕疵」などに分類される。契約、入居したあとでトラブルになるのを避けるため、不動産業者には次の借主・買主に対する瑕疵の告知義務が課せられている。

　シリーズ一作目の前作は、「ワケあり物件」「瑕疵物件」とも言われる、事故物件を題材にした四編を収める連作短編集だった。苦学して薬剤師になった吉田琴美《よしだことみ》、四十歳を過ぎて無職の牧島譲二《まきしまじょうじ》、五十六歳で失職の危機に直面している梅田昭夫《うめだあきお》、母を突然死で亡くした西山結菜《にしやまゆな》らが、さまざまな経緯で事故物件を訪ね、シリーズの主人公、藤崎達也《ふじさきたつや》と出会った。藤崎は、事故物件に住んでは「瑕疵」の度合いを軽減させる、「瑕疵借り」を生業《なりわい》にしている。〈事故物件に住む。他人の都合のためだけに、どこかに移り住む。意思など持たない〉。「瑕疵」には前の住人の「記憶」が残されていて、訪れた人とともに事情を推測しては、「瑕疵」を和らげてきた。あっちが終わればこっちに住む藤崎は、家具をいっさい持たず、ミニマリストどころではない質素な暮らしぶりだ。前の住人の人生を自分の生活のために消し去ることはしない。

シリーズ二作目となる本書には、二つの物件が登場する。一つ目は、神奈川県川崎《かわさき》市に建つ「ラルーチェ武蔵小杉《むさしこすぎ》」の三〇八号室だ。築十五年、七十室の賃貸マンションで独り暮らしをしていた小幡哲《こはたてつ》が空き巣に刺殺され、殺人事件の現場になってしまった。それからというもの、マンションでは退去者が相次ぎ、困り果てた大家の佐野《さの》正一郎《しょういちろう》は、業界で引く手あまたという伝説の「瑕疵借り」、藤崎達也を雇うことにする。そして二月になり、藤崎が住み始めた三〇八号室に、秋枝和利《あきえだかずとし》という男が愛犬を捜して訪ねてくる。〝殺人事件と行方不明の子犬〟というよからぬ噂の流布を懸念した藤崎は、秋枝の愛犬が小幡のもとにいた理由を解き明かす。

二つ目の物件は、千葉県八街《やちまた》市に建つ戸建て住宅である。敷地面積七十六・八三平方メートルの二階建て4LDKで、昭和六十三年築でも古びていない洒落《しゃれ》た一戸建てだ。過疎地域にあり、賃料は月四万八千円と猛烈に安い。それでも借り手がつかず、売るにも売れない。そこで「瑕疵借り」を雇おうと、指名で藤崎に依頼してきた家主は、なんと、川崎の物件で知り合った秋枝だった。藤崎は〝奇妙な戸建て〟に入居するのだが――。

シリーズ二作目の本書と前作との大きな違いは、連作短編集ではなく、長編仕立てである点だ。前作を踏襲して一つ目の「瑕疵借り」はマンションの一室を舞台にしており、愛犬を捜す秋枝が訪れて、藤崎が謎を解く。そして二つ目の「瑕疵借り」では秋枝が依頼人（家主）となり、〝奇妙な戸建て〟に藤崎と二人で住むというユニークな展開だ。シリーズ二作目ではあるけれど、前作とは作りもテイストも大きく異なり、本書から読み始めてもまったくオーケーな物語になっている。

次に、シリーズの主人公、藤崎を視点人物の一人にした語り口も、前作と違う点だ。前作は四つの短編のいずれもが、事故物件を訪ねる人物の視点を軸にして語られていた。彼らが藤崎と出会い、前の住人の事情が解き明かされる一方で、内心も正体もわからずじまいの藤崎は、前作では一貫してミステリアスな存在だった。しかし今回は藤崎自身も視点の主になっており、彼の来歴や内心がすべてではなくてもわかってくる。藤崎の人となりが露《あら》わになるのは、一つ目の物件で知り合い、二つ目の物件でも出会う秋枝とのやり取りがあってこそだ。東京・丸《まる》の内《うち》の商社に勤め、三年前まで武蔵小杉のタワーマンションで妻子と暮らしていた秋枝は、休職中でもスーツ姿で、同年代の藤崎にも丁寧語で話す礼儀正しい男だ。「瑕疵借り」で事故物件を転々とし、カジュアルな服装でぶっきらぼうな藤崎とはかけ離れている。しかも、家主と瑕疵借りという対照的な二人が、過疎地域の一戸建てに暮らして、近隣住民や相次ぐ出来事と格闘する。前作とは一味も二味も違う〝賃貸ミステリ〟であるのが面白い。

もう一つ、今回の大きな特色は、藤崎が「瑕疵借り」をするのが「家」である点だ。前作で描かれた四つの事故物件は、すべて集合住宅の一室だった。本書で藤崎は〝奇妙な戸建て〟の内部に入り込み、次々と起こる不可解な出来事に遭遇する。なぜか漂っている線香のかおり、屋根裏からは人が歩く気配がし、耳もとに届く、ううう、という少女の呻《うめ》き声。床下にある壁、シャッターボックスに巣くうイエコウモリの群れ……。〈格安物件に不動産屋は無頓着《むとんちゃく》なのが常だ。そのうえ家主がなにも知らないとなると、戸建てはこんなふうにあちこち問題を抱える〉のだとしても、異様すぎる。

家は外から眺めるだけなら無機質な建造物なのだが、入り込んでみると深い深い世界が広がっているのである。

そして、家だけでなく、人も奇妙だ。〝奇妙な戸建て〟が建つこの地域は、バブル期にそこそこ開発されたのちに過疎化した。近隣住民は高齢者ばかりで、それこそ三十五年ほど前に戸建てを新築して移り住んだ人々なのだろう。このシリーズは、社会派の小説である点も魅力の一つだ。不動産の背景に広がる社会状況まで捕捉《ほそく》して、理不尽な世のなかを生き、エアポケットに落ちてしまった人の悲哀を浮き彫りにする。本書には、世のなかは移り変わり、人は年を取るという「無常」が描き込まれている。〈ひとりになってしまってから、どこかの物件に住んでも、そこは本当の家じゃないと痛感させられるんです。誰も頼りにできないような世のなかなので……〉と、秋枝は藤崎にこぼしている。

「家」をモチーフにした物語は、古今東西、たくさん作られてきた。昔の映画では、人妻が天井から聞こえる物音にさいなまれる『ガス燈』（一九四四年製作・アメリカ）。近作では、失業中の家族が富裕層の邸宅に入りこむ『パラサイト　半地下の家族』（二〇一九年製作・韓国）。横山秀夫《よこやまひでお》さんの小説『ノースライト』（二〇一九年、新潮社）は、無人の家に置かれた「タウトの椅子」から始まる物語だった。たくさんの家と物語があるなかで、本書もまた唯一無二の、松岡圭祐《まつおかけいすけ》さんが作り上げた作品だ。「瑕疵借り」を生業にする藤崎は、前の住人の事情を掘り起こし、過去を「手入れ」して物件を未来へと明け渡す。たとえ藤崎が「瑕疵」を浄化しても、いつか物件が取り壊されても、過去は「なかったこと」にはできないのだなと思う。そこには物語があるんだと気づかされる。

〈僕みたいなワケありの人間が瑕疵借りになるんだよ。いわば人間瑕疵物件だな。歳月によって自分の瑕疵が軽減されるのをまってる人たち……。僕はようやく三年目だよ。まだ道のりは長いね〉

主人公の藤崎は、まだ三十代。彼はこれからどんな物件を転々として、どんな人と出会うのだろうか。本書のラストの文章はせつなくて、それでも生きているうちは、「瑕疵」をよくしていくことはできるのだろう。

本書の「家」と周辺環境は、藤崎でも頭を抱えるほど異様だ。そんな本書から読んでもいいし、シリーズ一作目も傑作なので、ぜひ手に取っていただきたい。

本書は書き下ろしです。

この物語はフィクションであり、登場する個人・団体等は、現実と一切関係がありません。

図版作成／舘山一大

瑕《か》疵《し》借《か》り　——奇《き》妙《みよう》な戸《こ》建《だ》て——

松《まつ》岡《おか》圭《けい》祐《すけ》

令和6年 2月25日　初版発行

発行者●山下直久

発行●株式会社KADOKAWA
〒102-8177　東京都千代田区富士見2-13-3
電話　0570-002-301（ナビダイヤル）

角川文庫 24032

印刷所●株式会社暁印刷
製本所●本間製本株式会社

表紙画●和田三造

ISBN 978-4-04-114751-1　C0193

角川文庫発刊に際して

角川源義

第二次世界大戦の敗北は、軍事力の敗北であった以上に、私たちの若い文化力の敗退であった。私たちの文化が戦争に対して如何に無力であり、単なるあだ花に過ぎなかったかを、私たちは身を以て体験し痛感した。西洋近代文化の摂取にとって、明治以後八十年の歳月は決して短かすぎたとは言えない。にもかかわらず、近代文化の伝統を確立し、自由な批判と柔軟な良識に富む文化層として自らを形成することに私たちは失敗して来た。そしてこれは、各層への文化の普及滲透を任務とする出版人の責任でもあった。

一九四五年以来、私たちは再び振出しに戻り、第一歩から踏み出すことを余儀なくされた。これは大きな不幸ではあるが、反面、これまでの混沌・未熟・歪曲の中にあった我が国の文化に秩序と確たる基礎を齎らすためには絶好の機会でもある。角川書店は、このような祖国の文化的危機にあたり、微力をも顧みず再建の礎石たるべき抱負と決意とをもって出発したが、ここに創立以来の念願を果すべく角川文庫を発刊する。これまで刊行されたあらゆる全集叢書文庫類の長所と短所とを検討し、古今東西の不朽の典籍を、良心的編集のもとに、廉価に、そして書架にふさわしい美本として、多くのひとびとに提供しようとする。しかし私たちは徒らに百科全書的な知識のジレッタントを作ることを目的とせず、あくまで祖国の文化に秩序と再建への道を示し、この文庫を角川書店の栄ある事業として、今後永久に継続発展せしめ、学芸と教養との殿堂として大成せんことを期したい。多くの読書子の愛情ある忠言と支持とによって、この希望と抱負とを完遂せしめられんことを願う。

一九四九年五月三日

連続刊行決定‼

『高校事変18』
2024年3月22日発売予定

『高校事変19』
2024年4月25日発売予定

発売日は予告なく変更されることがあります。

松岡圭祐

角川文庫

高校事変
松岡圭祐
High School Incident

高校事変
IV
松岡圭祐

高校事変
VII
松岡圭祐

高校事変
II
松岡圭祐

高校事変
V
松岡圭祐
High School Incident

高校事変
VIII
松岡圭祐

高校事
III
松岡圭祐
High School Incident

高校事変
VI
松岡圭祐
High School Incident

高校事変
IX
松岡圭祐

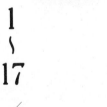

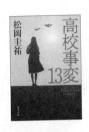

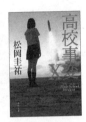

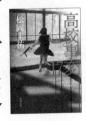

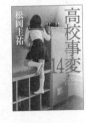

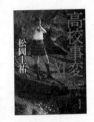

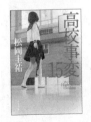

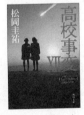

ビブリオミステリ最高傑作シリーズ！

角川文庫

松岡圭祐
新人作家・杉浦李奈の推論 VII
écriture
レッド・ヘリング
角川文庫

松岡圭祐
新人作家・杉浦李奈の推論 VIII
écriture
太宰治にグッド・バイ
角川文庫

松岡圭祐
新人作家・杉浦李奈の推論 IX
écriture
人の死なないミステリ
角川文庫

松岡圭祐
新人作家・杉浦李奈の推論 X
écriture
怪談一夜草紙の謎
角川文庫

松岡圭祐
新人作家・杉浦李奈の推論 XI
écriture
誰が書いたかシャーロック
角川文庫

角川文庫ベストセラー

催眠完全版　松岡圭祐

インチキ催眠術師の前に現れた、自分のことを宇宙人だと叫ぶ不気味な女。彼女が見せた異常な能力とは？　臨床心理士・嵯峨敏也が超常現象の裏を暴き、巨大な陰謀に迫る松岡ワールドの原点。待望の完全版！

カウンセラー完全版　松岡圭祐

有名な女性音楽教師の家族を突然の惨劇が襲う。家族を殺したのは13歳の少年だった……彼女の胸に一匹の怪物が宿る。臨床心理士・嵯峨敏也の活躍を描く「催眠」シリーズ。サイコサスペンスの大傑作!!

後催眠完全版　松岡圭祐

「精神科医・深崎透の失踪を木村絵美子という患者に伝えろ」。嵯峨敏也は謎の女から一方的な電話を受ける。二人の間には驚くべき真実が!!　「催眠」シリーズ第3弾にして『催眠』を超える感動作。

クラシックシリーズ　千里眼完全版　全十二巻　松岡圭祐

戦うカウンセラー、岬美由紀の活躍の原点を描く『千里眼』シリーズが、大幅な加筆修正を得て角川文庫で生まれ変わった。完全書き下ろしの巻まである、究極のエディション。旧シリーズの完全版を手に入れろ!!

千里眼　The Start　松岡圭祐

トラウマは本当に人の人生を左右するのか。両親との辛い別れの思い出を胸に秘め、航空機爆破計画に立ち向かう岬美由紀。その心の声が初めて描かれる。シリーズ600万部を超える超弩級エンタテインメント！

角川文庫ベストセラー

千里眼
ファントム・クォーター
松岡圭祐

消えるマントの実現となる恐るべき機能を持つ繊維の開発が進んでいた。一方、千里眼の能力を必要としていたロシアンマフィアに誘拐された美由紀が目を開くと、そこは幻影の地区と呼ばれる奇妙な街角だった——。

千里眼の水晶体
松岡圭祐

高温でなければ活性化しないはずの旧日本軍の生物化学兵器。折からの気候温暖化によって、このウィルスが暴れ出した！　感染した親友を救うために、岬美由紀はワクチンを入手すべくF15の操縦桿を握る。

千里眼
ミッドタウンタワーの迷宮
松岡圭祐

六本木に新しくお目見えした東京ミッドタウンを舞台に繰り広げられるスパイ情報戦。巧妙な罠に陥り千里眼の能力を奪われ、ズタズタにされた岬美由紀、絶体絶命のピンチ！　新シリーズ書き下ろし第4弾！

千里眼の教室
松岡圭祐

我が高校国は独立を宣言し、主権を無視する日本国へは生徒の粛清をもって対抗する。前代未聞の宣言の裏に隠された真実に岬美由紀が迫る。いじめ・教育から心の問題までを深く抉り出す渾身の書き下ろし！

千里眼
堕天使のメモリー
松岡圭祐

『千里眼の水晶体』で死線を超えて蘇ったあの女が東京の街を駆け抜ける！　メフィスト・コンサルティングの仕掛ける罠を前に岬美由紀は人間の愛と尊厳を守り抜けるか⁉　新シリーズ書き下ろし第6弾！

角川文庫ベストセラー

千里眼　美由紀の正体　(上)(下)　松岡圭祐

千里眼　シンガポール・フライヤー　(上)(下)　松岡圭祐

千里眼　優しい悪魔　(上)(下)　松岡圭祐

千里眼　キネシクス・アイ　(上)(下)　松岡圭祐

千里眼の復活　松岡圭祐

親友のストーカー事件を調べていた岬美由紀は、それが大きな組織犯罪の一端であることを突き止める。しかし彼女のとったある行動が次第に周囲に不信感を与え始めていた。美由紀の過去の謎に迫る！

世界中を震撼させた謎のステルス機・アンノウン・シグマの出現と新種の鳥インフルエンザの大流行。一見関係のない事件に隠された陰謀に岬美由紀が挑む。F1レース上で繰り広げられる猛スピードアクション！

スマトラ島地震のショックで記憶を失った姉の、莫大な財産の独占を目論む弟。メフィスト・コンサルティングのダビデが記憶の回復と引き替えに出した悪魔の契約とは？　ダビデの隠された日々が、明かされる！

突如、暴風とゲリラ豪雨に襲われる能登半島。災害はノン＝クオリアが放った降雨弾が原因だった!!　無人ステルス機に立ち向かう美由紀だが、なぜかすべての行動を読まれてしまう……美由紀、絶体絶命の危機!!

航空自衛隊百里基地から最新鋭戦闘機が奪い去られた。在日米軍基地からも同型機が姿を消していることが判明。岬美由紀はメフィスト・コンサルティングの関与を疑うが……不朽の人気シリーズ、復活！